Für Neil,
the real [illegible]

[illegible]

16.5.08

Dieter Oswald

GUT SCHALLBAR

Paranoia City Verlag

Dieter Oswald: Gut schallbar
Ein autobiografischer Roman
Cover Photo: «Kali Gandaki, Nepal» Elisabeth von Capeller
Autorenphoto: Elisabeth von Capeller
Lektorat und Korrektorat: Urs Morf
Gestaltung Umschlag und Inhalt: Thomas Geiger
Herstellung: Fuldaer Verlagsanstalt

Paranoia City Verlag
www.paranoiacity.ch

ISBN 978-3-907522-25-0

Dieter Oswald

GUT SCHALLBAR

Autobiografischer Roman

Paranoia City Verlag

1

«Sie sind sehr gut schallbar», sagte Dr. Schwendener bestimmt, und was ich aus dem Ultraschall-Gerät hörte, tönte nach Musik.

Aus meinem Herzen kamen pumpende Beats und ich fand, dass man einmal etwas daraus machen müsste, während mir der Kardiologe versicherte, dass alles in Ordnung war.

Anschliessend setzte ich mich auf eine Bank an den See und schlug die Zeitung auf.

Den ganzen Tag über hatte mir ein Gewitter im Nacken gehangen – es drückte, aber der Regen wollte nicht kommen. Aus dem Kongresszentrum vis-à-vis starrte mich ein schwarzes Loch an. Wieder dieses schwarze Loch.

«Eltern erziehen heute besser denn je», stand im Kulturteil und damit war ich einverstanden. Dieses ewige Geschwätz nach mehr Grenzen für die Jugend, jeweils entschlossen platziert zwischen Aperitif und Grillade, hatte mich seit längerem genervt. Aufgeklärte Menschen oder erwachsene Linke, deren Lebensmotto auch schon mal «no limits» gewesen war, wurden nicht müde, diese Forderung trotzig in die lauen Sommerabende zu schleudern.

Da konnte einfach etwas nicht stimmen und ich hatte

beschlossen, mich wieder einmal einer Gehirnwäsche zu verweigern, was mir zunehmend viel müdes Unverständnis eintrug.

Es wäre jetzt an der Zeit, mich endlich einmal mit meiner Vergangenheit auseinanderzusetzen, wurde mir geraten. Dagegen sprach gar nichts, denn diese hatte sehr viel mit meiner Gegenwart zu tun.

Die Sonne versank hinter den Bergen, meine Herzschläge aus der Maschine schlirpten noch immer wie Querschläger durch meinen Kopf und ich las weiter. «Es gilt also gerade nicht, den Kindern vermehrt Grenzen zu setzen; die werden ihnen im Alltag automatisch und zur Genüge gesetzt. Vielmehr sollten Eltern ihre Kinder dabei unterstützen, Grenzen zu überwinden.» Endlich! Darauf hatte ich lange gewartet.

Es leuchtet ein, dass man ein Kind zuerst über den Fussgängerstreifen, und anschliessend durch das Leben begleiten sollte. Dabei sind wir gut beraten, unsere eigenen Grenzen zu bestimmen, anstatt jene der Kinder zu beschliessen. Aber vor allem ist nicht jede Grenze unüberwindbar.

Die Journalistin hatte Recht und sie sprach mir aus dem Herzen. Es war alles völlig in Ordnung.

Alles war natürlich nicht völlig in Ordnung, aber wenigstens wieder ein Teil meiner Welt.

«Wie in einem Tunnel», war in diesen Tagen meine häufigste Antwort auf die Fragen nach meinem momentanen Befinden. Die Erkrankung dahinter hiess Hepatitis C, die Behandlung bestand aus einer Therapie mit Interferon/Ribarivin und meine Fahrt durch diesen Tunnel sollte beinahe ein Jahr dauern.

Hepatitis C ist mittlerweile zu einer der grössten heimlichen Volkskrankheiten geworden, aber das wusste ich damals noch nicht.

Dabei handelt es sich um eine Leberentzündung, die durch eine Infektion mit dem Hepatitis-C-Virus verursacht wird. Die Herkunft des Virus ist keineswegs völlig geklärt und seine Übertragungswege bis in die Blutbahn sind nach heutigen Erkenntnissen nur teilweise gesichert. Fest steht auf jeden Fall, dass das HCV in die Blutbahn gelangen muss, um infektiös zu wirken.

Gewiss ist zudem, dass vor der Entdeckung des Virus eine Ansteckung vor allem via Bluttransfusionen, zahnärztliche Behandlungen, oder durch die Verabreichung von Blutprodukten geschah. Seit 1990 wird theoretisch alles gespendete Blut auf eine Infektion mit Hepatitis C getestet; eine Übertragung auf diesem Weg scheint jetzt zumindest in unseren Breitengraden nicht mehr möglich.

Im Vordergrund steht seither eine mögliche Ansteckung durch infizierte Nadeln und Spritzen, sowie andere Schnitt- und Stichutensilien. Seltener können auch unsachgemässe Tätowierungen, Piercing, Akupunktur, Implantate oder gemeinsam benützte Rasierklingen zur Infektion führen. Die Übertragung durch ungeschützten Sex kommt zwar vor, das Risiko ist aber sehr gering. Hingegen kann die Diagnose HCV die Sexualität von Infizierten sehr wohl verändern: der Libido steht fortan die Angst jemanden anzustecken wie eine dunkle Wolke vor der Sonne.

Für etwa 40% der Infektionen fehlt aber auch bei sorgfältigen Abklärungen eine plausible Erklärung, wann und wo diese entstanden sind. Die Inkubationszeit des Virus beträgt mindestens drei Monate, aber wer weiss noch, was vor Jahren war?

Hepatitis C ist zudem eine heimtückische Krankheit. Sie

fängt harmlos an wie eine Grippe und äussert sich anfänglich lediglich durch Erschöpfung, Müdigkeit oder Gliederschmerzen. Von einer Infektion ist nichts zu bemerken und das Virus wird oft zufällig und erst Jahre später entdeckt, wenn es sich in der Leber bereits festgesetzt hat. In vielen Fällen ist die Krankheit heilbar – oft aber auch nicht. Ein öffentliches Thema ist sie, trotz ihrer zunehmenden Häufigkeit, bis heute nicht wirklich geworden.

Ich habe bis heute keine Gewissheit, wann, wo und wie ich infiziert wurde und ich werde es wahrscheinlich auch nie erfahren. Aber ich nehme an, dass dies sehr lange zurückliegt.

Zurück aus Afrika, vermutete ich damals Amöben. Die hatte ich nicht, stattdessen wurde dieses Virus festgestellt, von dem ich noch nie etwas gehört hatte. Das Wort dazu hiess Hepatitis C und es traf mich wie ein Schlag, in Zeitlupe und völlig unvorbereitet, wie man so schön sagt. Unvorbereitet, weil ich keine Vorstellung hatte, was mich erwartete. Hingegen wuchs rasch und schmerzhaft die Gewissheit, dass ab diesem Moment nichts mehr sein würde, wie es vorher gewesen war.

Der ärztliche Befund dröhnte durch mein Gehirn wie ein Gong, der immer lauter wurde und zu einem endlosen Echo anwuchs. «Sie gehen auf die Strasse und zwischen Ihnen und dem Geschehen auf der Strasse, der jungen Frau mit ihrem nörgelnden Kind und dem Obstverkäufer, der gerade frühmorgens seine Auslagen sortiert, befindet sich eine durchsichtige Mauer. Sie gehören nicht mehr dazu, der normale Alltag hat nichts mehr mit Ihnen zu tun», stand in einem der Ratgeber, mit denen ich mich nur widerwillig auseinanderzusetzen begann.

War der Alltag je normal und nicht schon immer absurd,

die Mauer, ob durchsichtig oder undurchsichtig, nicht seit jeher da gewesen? Und dennoch, ab diesem Moment würde nichts mehr sein wie es vorher war …

2

«Wenn du das überstanden hast, wirst du einen riesigen Lebenshunger haben», sagte er und nahm einen Zug von der Zigarette, die aus Sicht seiner Ärzte gar nicht mehr in seinen Mund gehörte.

Zum ersten Mal traf ich Ernst in jener Winternacht letztes Jahr. Wir hatten uns an diesem Sonntag-Abend privat zu einer Verwaltungsratssitzung verabredet und ich war nun seit zwei Monaten auf Interferon.

Ernst kam spät, der Gastgeber hatte längst den Aperitif serviert und draussen schneite es unaufhörlich. Ich hatte schon viel von ihm gehört und ich war gespannt, ihn jetzt persönlich kennen zu lernen. Der VR-Präsident hatte mir seine Geschichte erzählt: Ernst war ein bekannter Finanz-Crack gewesen, der nach einer schweren Krankheit jetzt kürzer treten und unsere kleine aber feine Firma mit seinem Know-how bereichern sollte.

Nachdem Ernst sich in einen Sessel hatte fallen lassen, musterte er kurz die Runde und begann erst einmal von seinen Ferien in den Arabischen Emiraten zu erzählen, wobei er sich wiederholt den Schweiss von der Stirn wischte. Niemand unterbrach ihn und er dachte vorerst auch gar nicht daran, sich unserem Unternehmen zuzuwenden.

«Warum eigentlich nicht?», hörte ich mich überlegen; schliesslich waren die Zeiten und Ferien vorbei, als wir Tage lang auf einer einsamen Insel den ruhigen Ort gesucht und manchmal sogar gefunden hatten, um uns dann dort völlig erschöpft zu erholen und diesen später begeistert weiter zu empfehlen.

Erzählten wir in letzter Zeit nicht auch immer wieder von unserem Pauschal-Arrangement auf Fuertaventura? Selten hätten wir uns so gut erholt, obwohl wir natürlich nie mehr da hin gehen würden.

Dann schwieg Ernst kurz, um sogleich einen neuen Anlauf zu nehmen und unvermittelt das Thema zu wechseln. Er setzte sich im Sessel zurecht, zerteilte den Raum mit ein paar präzisen Handbewegungen und begann, ohne Schnickschnack kurz und bündig die richtigen Fragen zu stellen.

Die kleinen Dinge hatten ihn zu interessieren begonnen, nachdem sein grosses Ganzes mit seiner Krankheit so jäh in die Brüche gegangen war.

Der Mann hatte Charisma! Er wirkte auf eine würdevolle Art gezeichnet. Ernst kam zwar aus einer anderen Welt, aber die Brüche in seinem Leben kamen mir bekannt vor. Er war noch der Alte, aber er schien auch ein Neuer geworden zu sein. Er wirkte ebenso selbstsicher wie bescheiden. Seine Selbstreflexion beeindruckte mich.

Ernst hatte intensiv gelebt. Jetzt war er über 60 und immer noch Verwaltungsrat in einigen grossen schweizerischen Unternehmen. Sechs Jahre zuvor hatte er eine Leukämie möglicherweise überstanden und danach beschlossen, in erster Linie zwei alte Träume zu realisieren – ein Buch zu schreiben und eine CD herauszugeben.

«Das Buch kann ich später schreiben, Schreiben macht einsam und von Einsamkeit habe ich im Moment mehr als genug. Aber die CD möchte ich sofort verwirklichen. Musik hat mit anderen Menschen zu tun.»

Ernst spielte seit Jahren Gitarre und Trompete und er hatte auf ein paar alten Revox-Bändern seine Kompositionen verewigt, sofern die Bänder nicht schon zu Staub zerfallen waren. Mit dieser Produktion wollte er sich nicht als Musiker, sondern nur als Komponist wieder finden. Dies beeindruckte mich, denn ich hatte nie etwas von all diesen peinlichen musikalischen Selbstverwirklichungen so genannter Prominenter gehalten. Ernst fragte mich, ob ich ihm bei seinem Projekt helfen würde, «off the record», wie er betonte.

«So eine Art Latin-Rock», beantwortete er meine Frage nach dem Stil, und obwohl ich noch keinen Ton gehört hatte, beschloss ich sofort, seinem Wunsch zu entsprechen. Ernst hatte etwas Forderndes und seine Statements waren repetitiv, aber was er sagte, hatte Hand und Fuss.

Später, viel später, würde ich ihn (was eigentlich voraussehbar war) auch als patriarchalischen Machiavelli Freak kennen lernen, was mich, vornehm ausgedrückt, eher abstossend berühren sollte.

Vorerst aber erklärte ich Ernst die derzeitigen Mechanismen der Musik-Industrie, die Bedeutung der Promotion und ich fragte ihn, ob er es sich vorstellen könnte, die Veröffentlichung mit seiner Lebensgeschichte zu lancieren. Er konnte und sagte «siehst du, jetzt habe ich wieder etwas gelernt.» Ich erzählte ihm von meiner Therapie und Ernst meinte, «ich weiss genau, wovon du sprichst.»

3

Damals, vor über zehn Jahren, hatte ich erstmal beschlossen, «mit der Krankheit zu leben», was für mich hiess, sie vorerst zu ignorieren. «Du weisst wenigstens, warum du immer müde bist», spendete Trost und meist erwiderte ich «ich kann normal funktionieren.»

«Lieber kurz und intensiv als lang und langweilig», tönte zwar immer noch gut, aber mittlerweile war ich dieser Option entwachsen und mein Leben bei über 40 Jahren angelangt.

Nach der Geburt unseres Sohnes begann sich meine Haltung schleichend, aber Schritt für Schritt, zu verändern. Ich empfand eine tiefe Dankbarkeit, dass ich weder ihn noch meine Frau mit dem Virus angesteckt hatte, denn ganz war dieses Risiko nicht auszuschliessen gewesen.

So etwas wie Verantwortung begann sich meiner zu bemächtigen – auch gegenüber mir selbst. Ich war jetzt Vater, mein Sohn mittlerweile fünf Jahre alt und ich fragte mich immer öfter, wie viel Zeit mir mit ihm noch blieb. Fünf Jahre, zehn Jahre? Dies wollte ich jetzt herausfinden.

Erste Voraussetzung für eine Einschätzung war die Bestimmung meines Genotyps, der Virusvariante. Die Kombination von Genotyp (4C/D) und Alter (53) gab mir eine statistische Chance von etwas über 30%, die Krankheit mittels einer 48-wöchigen Interferon-Behandlung heilen zu können. Ein Jahr meines Lebens für etwas mehr als 30%?

Davon hatte ich bisher nichts wissen wollen – der Preis schien mir einfach immer zu hoch. Und arbeitete die pharmazeutische Industrie nicht mit Hochdruck an einem wirksamen Impfstoff oder anderen Behandlungsmöglichkeiten? Oder gab es vielleicht gar alternative Behandlungsmethoden aus dem Bereich der Komplementär-Medizin?

Das Hepatitis-C-Virus ist wahrscheinlich in den 70er Jahren entstanden und wurde erst 1989 identifiziert; zuvor war er Non-A-Non-B-Hepatitis genannt worden. 2005 galten weltweit bereits über 200 Millionen Menschen, das heisst gut jeder 30., als Hepatitis-C-infiziert – Tendenz rasch steigend.

«Für die Pharma-Multis geht es doch um einen Riesenmarkt mit einem unermesslichen Potential, das die sich bestimmt nicht entgehen lassen werden», sagte ich mir. «Aber wann?», fragte ich mich und würde ich von einem Durchbruch überhaupt noch profitieren können?

Ein Jahr später starb meine Mutter und mein letztes Bild dieser ehemals so stolzen und unnahbaren Frau verfolgt mich noch heute.

Da ruhte sie nun in diesem kahlen Raum, der mich an eine Zelle erinnerte. Eingekleidet in ein weisses Totenhemd lag sie auf einer Art Schragen. Jemand hatte ein kleines Blumen-Sträusschen in ihre gefalteten Hände drapiert und ihre Haare nach hinten gekämmt. Dieses lächerliche Sträusschen! Und niemals hatte meine Mutter ihre Haare nach hinten gekämmt; im Gegenteil, nur schon die Idee war ihr ein Graus. Ich fühlte mich hilflos und wurde sofort wütend.

War es dieses sorgfältig Unpersönliche oder vielmehr das Unabdingbare des Moments, das mich derart in Aufruhr versetzte?

«Ich gehe», hörte ich mich sogleich sagen, um diesen Raum nach wenigen Sekunden wieder zu verlassen. Mein Vater und mein Bruder folgten mir in den Flur aber nach einigen Metern verlangsamte mein Vater seinen Schritt. «Ich will noch einmal zurück», rang er nach Worten und ich glaubte, ihn verstehen zu können.

Die Nacht, in der meine Mutter starb, hatte mein Vater an ihrem Bett in diesem Pflegeheim verbracht. Danach, am frühen Morgen, war er alleine und zu Fuss durch den Regen nach Hause zurückgekehrt. Jetzt wollte er Abschied nehmen ...

4

Ich liebe Friedhöfe – Père Lachaise in Paris, Highgate Cemetary in London oder die italienischen; das Normierte der schweizerischen Friedhöfe fand ich aber immer unerträglich. Am Schluss endgültig noch einmal alle in Reih und Glied, wie damals im Klassenzimmer oder bei der militärischen Aushebung. Mehr als jede individuelle Würde, musste noch einmal alles seine Ordnung haben. Definitiv!

Einige möchten verbrannt werden und andere wollen gar, dass ihre Asche zerstreut wird – von einem Berg oder in einen See. Beides hat mich nie restlos überzeugt; es musste doch möglich sein, in diesem Land Friedhofverordnungen einzuführen, die den Lebenden und Toten an diesem Ort angenehme Begegnungen erlauben. 1985 reichte ich deshalb dem Gemeinderat von Zürich eine Einzelinitiative zur Abänderung der hiesigen Friedhofverordnung mit folgendem Wortlaut ein:

«Das Bepflanzen der Gräber mit schädlingsresistentem Sommer- und Wintergemüse ist in den Friedhöfen der Stadt Zürich erlaubt und erwünscht.

Seit ein paar Monaten habe ich einen Freund im Friedhof Sihlfeld liegen. Sein Grab will ich in seinem Sinn bestellen. Blumen waren ihm ein Graus, hingegen war er Liebhaber von auserlesenen Gemüsen, im Speziellen von Tomaten. Nichts liegt also näher, als dass ich das Grab meines Freundes mit einem Tomatenstock schmücke. Bei der Friedhofverwaltung bin ich jedoch damit auf Ablehnung gestossen. Wieso eigentlich?

Gerade im Friedhof Sihlfeld besteht eine dringende Notwendigkeit, den von der Feuchtigkeit angezogenen Schnecken mit schädlingsresistentem Gemüse wie Tomaten, Zwiebeln, Knoblauch biologisch zu begegnen.

Das städtische Friedhofamt hat mir versichert, dass es keine schriftliche Friedhofverordnung geben soll. So bleibt deren Interpretation ausschliesslich dem jeweiligen Friedhofverwalter, keineswegs aber den Betroffenen und Hinterbliebenen vorbehalten.

Diesen Zustand halte ich für unhaltbar und überholt. Auch taucht in diesem Zusammenhang die Frage auf, ob es nicht über mein Begehren hinaus wünschenswert wäre, den Hinterbliebenen ein selbständiges und bewusstes Bepflanzen der Gräber zu erlauben, statt wie bisher zu verbieten.

Wie immer Sie entscheiden, seien Sie versichert, mein Tomatenstock trägt längst Früchte ....»

Der Präsident des Gemeinderates, ein bekannter FDP-Politiker, lehnte die Behandlung meiner Einzelinitiative wegen eines angeblichen Formfehlers ab.

Immerhin: Seither scheint ein Umdenken in unserer Erinnerungs- und Trauerkultur stattgefunden zu haben. Heute gibt es unter anderem private (Wald-) Friedhöfe, in denen man die Art der Bestattung und die die Betreuung des Grabes selbst bestimmen kann.

Am Morgen, auf meinem Weg vom Bahnhof zum Arbeitsplatz, treffe ich auf die Sihl, eines der zwei grossen Gewässer, die Zürich durchfliessen. Über die letzten Jahre mehr als begradigtes Rinnsal denn als Fluss wahrgenommen, mäandert die Sihl seit geraumer Zeit durchs Stadtbild. Ein Rinnsal ist dieses Gewässer, weil am Sihlsprung ein Stausee gebaut wurde, der, so wurde früher periodisch spekuliert, im Falle eines Dammbruchs weite Teile der Stadt Zürich überfluten würde.

Ich mag mich aus meiner Kindheit noch gut an Sonntagsausflüge zum Sihlsee erinnern. Wie ein Zeichen aus einer anderen Zeit ragte noch lange ein Kirchturm aus dem gefluteten Gebiet.

Im unteren Flusslauf wurde die Sihl zusätzlich in die Schranken gewiesen, mit Parkdecks über- und von einer Schnellbahn unterbaut. Stellvertretend für vieles schienen hier zu Lande sich frei bewegende Gewässer den Lauf der Zeit lange eher zu stören als zu bereichern. Es wurde begradigt, unter den Boden verlegt, zurechtgestutzt, gezüchtigt. Wie auch die hiesigen Stadt-Bäume: Zwar werden seit einiger Zeit in den Städten unzählige neue Bäumchen gepflanzt, gleichzeitig sinkt aber auch deren Lebenserwartung. Wer aber einmal die Ramblas in Barcelona oder die über hundert Jahre alten Alleen von Bobo Doualassa in Burkina Faso gesehen hat, versteht nicht mehr so genau, wieso in unseren Städten andauernd an den Bäumen herumgebastelt wird. Ist dies das Niederstämmige in unseren Köpfen?

«Weil sie krank sind» oder «aus Versicherungsgründen», lautet die Standart-Antwort aus den Ämtern.

Der Journalist Bernd Steiner, der zusammen mit der Fotografin Verena Eggmann das Internationale Baumarchiv leitet, meint dazu: «Einst wurden Bäume verehrt, sie waren

Kultstätten, Mittelpunkte des Lebens. Maibäume, Baumgötter, Kirchtürme, Stammbäume zeugen von der grossen Zeit der Bäume. Heute sind diese ein Thema für den Heimatschutz, Opfer der Zivilisation. Es findet ein realer Kampf gegen die Bösartigkeit der Bäume statt. Der Guerillakrieg schlägt an Strassen, auf Baugrundstücken und nicht zuletzt in privaten Grundstücken zu. Nicht selten sind willige Gärtner mit rechtfertigenden Gutachten zur Hand. 80-jährige Thujen fallen, weil ihre Wurzeln ein Mäuerchen beschädigen, Gingkos fallen, weil sie das Haus angreifen, und alte Pappeln werden zu Stummeln geschnitten oder abgeräumt, weil gelegentlich fallende Zweige kostbaren Autolack beschädigen. Die wahre Liebe privater Kleingärtner gehört der kleinwüchsigen Kunstzucht. Der Garten wird zur Puppenstube.»

Wieso noch immer diese diffuse Angst, dieser sinnlose Rachefeldzug gegen Bäume. Was spricht eigentlich dagegen, sie, allen Immissionen zum Trotz, in Würde altern zu lassen. Und ohne die Bürokratie zusätzlich zu belasten: Alte Bäume sollten zu Natur-Denkmälern erklärt werden!

Auf jeden Fall mäandert die Sihl jetzt wieder und das ist gut so. Überhaupt ist die ganze Gesellschaft ins Mäandern gekommen, seit die jahrelangen Zucht- und Konfrontationsrituale vom Bedürfnis nach lebensnahen Lösungen abgelöst worden sind. Nur sind dabei sämtliche Nischen verschwunden, geht gar nichts mehr ohne Geld, wird das Stadtbild optimiert und auf Effizienz getrimmt wie die Gesellschaft insgesamt.

Manchmal überfällt mich dabei eine gewisse Melancholie oder gar Wut. Wieder einmal eine anständige Provokation an Stelle der zunehmend ausufernden Beliebigkeit würde mir und wohl auch anderen gut tun. Wenigstens einfach wieder einmal zusammen einen Fussgängerstreifen auf die Strasse zu pinseln, anstatt monatelang mit irgend einer von Spardruck geplagten Verwaltung über dessen Notwendigkeit zu verhandeln, wäre zwar politisch unkorrekt, würde aber stattdessen richtig Spass machen.

Dann meint mein Freund Steff jeweils: «Erinnerst du dich nicht mehr an all diese graue Mäuse. Möchtest du die wirklich wieder zurück? Diese finsteren, strengen und selbstgerechten Visagen?» Nein, will ich nicht mehr, auch wenn jetzt stattdessen plötzlich ganze Heerscharen von Rentnern wie ausgestopfte Kanarienvögel herum laufen. Falls das noch die gleichen Menschen sind, müssen sie irgendetwas begriffen haben. Vielleicht aber ist es auch nur wieder so: Wer will schon aus der Mode kommen, nur weil der Wind gedreht hat?

5

«Nur, weil du es bist!.» Mit diesen Worten erfülle ich meinem Sohn manchmal schmunzelnd den Wunsch nach einem Gefallen. «Aber ich bin es ja», gibt er dann jeweils verschmitzt zurück.

Ich weiss nicht, ob dieses Ritual erziehungstechnisch in Ordnung ist; auf jeden Fall macht es uns einfach Freude, uns so immer wieder unseren gemeinsamen Nukleus zu bestätigen, der mir mittlerweile so ans Herz gewachsen war: Unsere verschworene kleine Welt, in der es gemeinsam so viel Grosses zu entdecken gab.

Mittlerweile begann mich die Unsicherheit um das Stadium meiner Krankheit immer mehr zu zermürben. Was ich mir im Kopf aus Angst zurecht gelegt hatte, bröckelte. Die Ungewissheit hatte nicht mehr das anfänglich Verklärende und Beruhigende; ich wollte jetzt erfahren, wie es wirklich um mich stand und was für eine Perspektive ich hatte.

Und dann war es soweit: Eines Morgens, viel zu früh, entstieg ich dem Taxi mit leerem Magen vor der Klinik St. Anna. Luzern schlief noch, der Tag konnte sich für kein eindeutiges Wetter entscheiden und der Empfangsschalter war noch geschlossen. Ich hatte zwar keinen roten Teppich erwartet, aber ich war bereit – wo waren die anderen?

Irgendwo wurde lautlos der Boden auf Hochglanz geputzt, die Kaffeemaschine starrte mich sinnlos an und ich fragte mich kurz, ob die Pflanzen wohl echt seien, bevor ich auf die Strasse zurückkehrte.

Ein Lieferwagen fuhr vor wie wahrscheinlich jeden Morgen, in einem Nebengebäude verschwand eilig eine Gestalt und in der Ferne ertönte der lang gezogene Ton eines Schiffshorns. Immer wieder ging ich auf der Strasse auf und ab, auf der Suche nach einem eindeutigen Zeichen oder einfach nach einem Menschen, der ansprechbar war. Ich hatte Angst.

Nachdem mein Genotyp, die Virus-Variante, via Bluttest bereits seit einem Jahr geklärt war, ging es nun um den nächsten Schritt, die Untersuchung des Lebergewebes mittels einer Biopsie. Und genau davor hatte ich mich so lange gefürchtet. Würde dieser Eingriff schmerzhaft sein und wie würde ich mit dem Resultat zurechtkommen?

Der Zustand des Lebergewebes ist von grosser Bedeutung, um das Fortschreiten der Erkrankung beurteilen zu können. Letztlich ist der Zustand der Leberzellen das einzig wichtige Kriterium und die Verhütung einer Leberzirrhose das erste Therapieziel.

Bei der Biopsie wird mit Hilfe einer hauchdünnen Hohlnadel durch die seitliche Brustwand in die Leber gestochen und daraus ein kleines Stück Gewebe entnommen. Dies wird unter örtlicher Betäubung durchgeführt.

Etwas gar lange hatte ich mir darunter einen ähnlichen Eingriff wie die äusserst schmerzhafte Rückenmark-Punktierung vorgestellt. So war es nicht. Abgesehen von einem leichten Ziehen in der Leber spürte ich nichts. Danach lag ich ein paar Stunden im Spital zur Erholung und später noch zwei Tage zu Hause. Die Einstichstelle «surrte» einige Zeit, aber auch dies war durchaus erträglich.

Das Resultat der Biopsie war zwiespältig: Einerseits wurde die Existenz einer chronischen Hepatitis C mit einer beträchtlichen Virus-Menge (Virustiter), sowie ausgeprägte Entzündungsstadien der Leber (Grading) nachgewiesen, andererseits ergaben diese Stadien noch keine Schädigung der Leber durch eine Fibrose (Staging). Als Fibrose wird die Vorstufe einer Zirrhose bezeichnet und diese führt in 90% der Fälle zu Leberkrebs. Eine Therapie der Hepatitis C zielt auf die dauerhafte Eliminierung des Virus und die Verhütung der Fibrose beziehungsweise Zirrhose.

Dr. R., ein bekannter Spezialist für Lebererkrankungen, der die Biopsie vorgenommen hatte, war der Arzt, der mich in Zukunft begleiten sollte. Er hatte Erfahrung mit der Behandlung von Hepatitis C und zahlreiche Therapien mit unterschiedlichem Ausgang betreut.

Zur Diskussion stand jetzt, nach seiner Meinung, eine antivirale Kombi-Therapie aus Interferon und Ribarivin mit dem Ziel, das Virus «zum Verschwinden» zu bringen. Eine absolute Erfolgsgarantie gibt es dafür jedoch nicht und für Dr. R. galt es zuerst abzuklären, ob in meinem Fall die Voraussetzungen für ein voraussichtliches Ansprechen auf die Therapie gegeben waren.

Letztlich ist jede Therapie mit einem chemisch hergestellten Medikament eine Chemotherapie. Mediziner unterscheiden die antineoplastische Chemotherapie (Krebsbehandlung) von der antimikrobiellen Chemotherapie (Behandlung von Infektionskrankheiten). Umgangssprachlich wird unter einer Chemotherapie die Behandlung von Krebs mit Medikamenten verstanden.

Ich hatte keinen Krebs, sondern eine Virus-Infektion. Deshalb verwende ich den Begriff Immuntherapie, weil bei der Behandlung mit Interferon/Ribarivin das Immunsystem stimuliert wird.

«Sie müssen noch nicht», sagte Dr. R., «aber der Zeitpunkt ist günstig, da noch keine Zerstörung des Lebergewebes vorliegt. Ich gebe ihnen 50%, lassen sie sich Zeit und überlegen sie sich alles gut», meinte er. «Klären sie ihre Lebensumstände ab und sprechen sie zuerst einmal mit Personen, die diese Therapie durchgemacht haben.»

Dieser Ansatz überzeugte mich sofort und er entsprach meinem Weltbild: Nicht die Meinung von möglichst vielen so genannten Experten sollte für meinen Entschluss ausschlaggebend sein, sondern meine eigene – im Zusammenhang mit der Erfahrung direkt Betroffener. Solche Ärzte braucht das Land!

Und dann raus auf die Brücke und rein in die Touristen und im Hintergrund wieder dieses schwarze Loch, aber jetzt auch ein Lied von Natalie Imbruglia in meinem Kopf:

That day, that day
What a marvellous mess
This is all that I can do
I'm done to be me
Sad, scared, small, alone, beautiful
It's supposed to be like this
I accept everything
It's supposed to be like this

Aus meiner Zeit als Zürcher Strassenkämpfer stammt die Parole «Angriff, Widerstand – es gibt kein sicheres Hinterland!» Seit Jahren wohne ich in Luzern, arbeite aber nach wie vor in Zürich, das heisst, ich pendle nicht nur zwischen zwei Städten, sondern auch zwischen verschiedenen Welten. Ich bin zum Chamäleon geworden.

Abends, nach der Arbeit, wenn mein Zug jeweils aus dem Bahnhof rollt und die Skyline von Downtown Switzerland im Hintergrund verschwindet, kommt mir oft diese Parole aus vergangener Zeit wieder in den Sinn und ich höre mich trotzig sagen «doch, es gibt ein sicheres Hinterland!.» Man muss ja nicht gleich Aussenminister werden, um seine Vergangenheit wenigstens teilweise loszuwerden.

Was ich auch heute noch nicht losgeworden bin, sind diese Träume von Umzingelungen. Und meistens ist es dieser eine Traum, der Ruf aus scheinbar fernen Jahren. Dieses damalige Katz und Maus-Spiel mit der Polizei, das oft grenzenlos anfängt und nicht selten böse endet. Manchmal geht alles gut. Zuerst gehört uns die ganze Stadt, dann dreht die Szenerie. Wir flüchten durch Gassen, finden offene Haus-Türen und verstecken uns bei unbekannten gastfreundlichen Menschen oder laut- und zeitlos auf Dachböden. Dann bleiben wir unentdeckt.

Oft aber scheint es kein Entkommen zu geben. Ich befinde mich in einer Gruppe, die von der bedrohlichen Übermacht der Ordnungshüter eingekesselt wird. Dann hat der Traum jeweils zwei verschiedene Enden. Entweder er hört so auf und ich erwache dabei, was äusserst unangenehm ist. Oder aber, ein Polizist winkt mich aus der Einkesselung und lässt mich durch eine Lücke entkommen, was mir tatsächlich einmal passiert ist.

Wie wahrscheinlich viele andere auch, kenne ich dieses periodische Gefühl der Umzingelung auch im realen Leben. Wenn das eine zum anderen kommt bis nichts mehr geht und scheinbar kein Ausweg besteht. Mittlerweile habe ich gelernt, mit dieser Situation umzugehen. Ich habe begriffen, dass die Wahrscheinlichkeit meist unvermeidbar ist, dass sich über kurz oder lang eine Lücke in der Umzingelung öffnet, die einen Ausbruch möglich macht. So etwas wie eine Lösung.

Heute aber war Luzern noch kleiner geworden als es ohnehin schon war. Die Vergangenheit hatte eben erst begonnen.

6

«Sprecht ihr einmal mit ihm, du und dein Bruder, er hört ja sonst auf niemanden.» Meine Mutter meinte meinen Vater und sie hatte mich telephonisch für dieses Gespräch in ihr Auto auf einen Parkplatz in der Nähe meines Geschäfts zitiert. Um nichts in der Welt wäre sie je in unseren Büros vorbeigekommen, und schon gar nicht unangemeldet. Trotzdem war mir nicht ganz klar, wieso sie für dieses Gespräch ausgerechnet einen Parkplatz mitten in dieser, ihr eher fremden, Gegend ausgesucht hatte. Auch verstand ich nicht wirklich, worüber wir mit Vater eigentlich sprechen sollten. Aber sie blieb bei diesem einen Satz. Was wollte sie mir wirklich mitteilen? Ihre Worte hatten etwas unerklärt Definitives und erst später glaubte ich zu begreifen weshalb.

Danach gingen wir in einem nahen Garten-Restaurant Mittag essen und sie genoss es. Sie scherzte und erwog, anschliessend einen Abstecher in das ihr unbekannte Rotlicht-Milieu um die Ecke zu machen. Es war ein wundervoller Herbst-Tag, die Sonne blinzelte durch die Kastanienblätter und ein seltsamer Friede lag zwischen uns in der Luft. Ein halbes Jahr später war Mutter tot.

Dies traf mich nicht überraschend, aber ebenfalls unvorbereitet. Mutter starb an den Folgen von Leukämie. Nach einer Chemotherapie lebte sie noch einmal zwei Jahre mehr oder weniger beschwerdefrei, wie mir schien. Sie sprach ungern darüber. Nach der Rückkehr der Krankheit verschlechterte sich ihr Befinden rasant und ihr Zustand erschien hoffnungslos. Mehrere Gehirn-Tumore hatten sich fast vollständig ihres Sprachzentrums bemächtigt, aber ich denke, sie realisierte noch genau, wie es um sie stand. Mit einem «schnell, schnell» gab sie uns zu verstehen, dass sie keine lebensverlängernden Massnahmen mehr wollte. Ihren Entschluss zu akzeptieren war sehr schwer, aber dies war ihr Leben, und sie verweigerte fortan jede weitere Nahrungsaufnahme. Nach wenigen Wochen war sie tot.

Unvorbereitet traf mich ihr Sterben, weil in unserer Familie, wie in vielen anderen auch, der Tod, abgesehen von Testamenten und Vollmachten, nie wirklich ein Gesprächsthema war.

Unser Leben scheint darauf ausgerichtet, dass es immer weiter geht und nicht, dass es einmal (und oft plötzlich) zu Ende ist. In letzter Zeit waren einige Menschen aus meinem Umfeld gestorben, und von diesen ist Mutter heute anwesender denn je.

Unsere Beziehung durchlebe ich seit diesem Tag im Februar immer und immer wieder, und ich habe angefangen zu verstehen, wie ähnlich ich ihr in vielem bin.

Es gab eine intensive Verwandtschaft zwischen uns, aber keine eigentliche Nähe. Aus meiner Kindheit kann ich mich nicht an viel Zärtlichkeit erinnern und ich denke, dass ich in meinen ersten Beziehungen zu Frauen vor allem auch meine Mutter gesucht habe. Wie sollte es auch anders sein? Eine Schwester gab es nicht, an der mein Frauenbild hätte wachsen können. Ich hatte keine Ahnung.

Wenn ich sehe, wie normal Nähe und Nacktheit zwischen meiner Frau und meinem Sohn sind, wundere ich mich manchmal, welchen Aufwand Mutter betrieben haben muss, um dies im Alltag zu vermeiden.

Mutter konnte sehr streng und hart sein. «Ihr sollt es auch nicht besser haben, als ich es einmal hatte», sagte sie einige Male, wenn wir der Meinung waren, wir würden ungerecht von ihr behandelt. Damals schwor ich mir, diesen Ausspruch niemals in den Mund zu nehmen, denn was konnte ich für ihre Vergangenheit. Sie ihrerseits bereute später diese Bemerkungen uns gegenüber ausdrücklich, obwohl ich mittlerweile nachfühlen kann, wie sie dazu kam. Mutter war um einen sehr autoritären Vater und mit zwei älteren Brüdern aufgewachsen und jetzt wieder in einem reinen Männer-Haushalt gelandet.

Manchmal, wenn sie genug davon hatte, verschwand sie von einem Moment auf den anderen, um uns ratlos und mit schlechtem Gewissen zurückzulassen. Nach ein paar Stunden kehrte sie wortlos zurück. Wir waren erleichtert. Sie hatte uns nicht verlassen, sondern war, wie wir später erfuhren, einfach spazieren gegangen, um sich von uns zu erholen.

Mutter hatte sich in ihrem Leben mit vielen Konventionen arrangiert, die ihr ziemlich zuwider waren. Sie wusste, wofür sie dies tat. Sie liebte das Schöne und sie liebte den Luxus und meist war sie auch bereit, den Preis dafür zu bezahlen. Aber viel gab sie weiter; sie war grosszügig und hilfsbereit.

Mutter war aber auch eine Rebellin und dafür liebte ich sie. Sie hatte ihre eigene Meinung, liess sich nicht dreinreden und erkannte früh die Zeichen der Zeit. Während ich mit Vater zahlreiche (Autoritäts-) Konflikte durchlebte, war sie früh offen für das plötzliche Aufbegehren der Jugend und setzte sich für uns ein.

Grossvater hingegen war noch ein Vertreter jener Männer-Generation, die beim Essen lediglich mit den Augen blitzen musste, wenn ein Kind während der Mittags-Nachrichten nur schon den Mund aufmachte. Dann war Ruhe. Unter dem Weihnachtsbaum aber konnte er herzhaft weinen. Wie ein richtiger Patriarch eben.

Mutter gehörte bereits zu jenen Frauen, die sich nicht mehr scheuten, sich damals modisch unmöglich zu machen, plötzlich Hosen zu tragen und sich zu schminken. Schminke galt zu dieser Zeit noch als «nuttig» und Hosen sollten den Männern vorbehalten bleiben. Das sah auch mein Grossvater so. In unserem Ferienhaus am Bodensee hatte er Mutter mehrmals vom Tisch gewiesen, um sich abzuschminken und ich werde den Moment nie vergessen als sie sich erstmals weigerte. Ich bewunderte sie.

Neulich hat mir mein Vater ein Foto von ihr gebracht, dass ich lange vermisst hatte. Es zeigt Mutter auf einem Liegestuhl in einem weiten blau-weiss gestreiften Kleid, meinem Lieblingsteil. Mutter liegt auf einer Matte mit Blumen-Muster und um Kleid und Taille hat sie einen roten Ledergurt geschlungen. Sie lacht den Fotografen an und im Hintergrund sieht man unscharf einen Waldrand.

Das Foto stammt von einem jener Sonntags-Picknicks, die spontan und in gegenseitiger Übereinstimmung stattfanden. Vater packte den Kofferraum, den mein Bruder und ich unsachgemäss mit den Picknick-Utensilen gefüllt hatten, noch einmal um und steuerte den Chevrolet mit den tollen Heckflügeln alsbald über Land und durch den Sommer an einen abgelegenen Waldrand. Dort stellte er Mutter den Liegestuhl hin und suchte mit uns Buben eine Feuerstelle. Nach dem Picknick stauten wir Männer zusammen im Wald einen Bach, und zwischen den Bäumen sah ich im Hintergrund meine Mutter auf dem Liegestuhl, ungestört und entspannt, ihre Frauen-Magazine durchblättern.

Das Bild verkörpert für mich einen jener seltenen Momente totaler Harmonie, bevor die Familie als Ganzes so arg aus den Fugen geriet. Ich bin froh, dass ich es wieder gefunden habe.

7

Ich tat also, wie mir Dr. R. geraten hatte und nahm mir vor, mit Menschen zu sprechen, die eine Therapie zur Behandlung ihrer Hepatitis C mit Interferon/Ribarivin bereits hinter sich hatten.

Interferone sind eigentlich Abwehrstoffe, die vom Körper in geringer Zahl produziert werden, um Viren abzuwehren und an ihrer Vermehrung zu hindern. Zur Bekämpfung einer Virusinfektion verordnen die Interferone als Teil des Immunsystems dem Körper also Ruhe, welche wir als Erkrankung wahrnehmen.

Auf chemischer Basis sind Interferone mittlerweile in konzentrierter Form zu sehr wirkungsvollen Medikamenten entwickelt worden.

Im Falle von Hepatitis C handelt es sich um das Interferon alfa. Dessen Applikation ist jedoch mit zahlreichen Nebenwirkungen verbunden, die in ihrer ganzen Fülle wohl eher als Auswirkungen wahrgenommen werden und sich individuell sehr unterschiedlich bemerkbar machen.

Dies können schwere Grippe-Symptome, Fieber, Schüttelfrost, Müdigkeit, Schlafstörungen, Atemnot, Übelkeit, Erbrechen, Durchfall, Kopf- und Gelenkschmerzen, Juckreiz, trockene Haut oder Schleimhäute, Ekzeme, aber auch Konzentrationsmängel und Blutdruckschwankungen sein. Interferon kann aber auch das Blutbild so verändern, dass von einer Behandlung abgesehen werden muss.

Das Medikament Ribarivin soll das Immunsystem und die Wirkung von Interferon zusätzlich verstärken, bewirkt jedoch unter Umständen weitere Komplikationen wie Herzbeschwerden, die eventuell zum Abbruch der Therapie führen.

Je nach Virusvariante (Genotyp) dauert die Behandlung 24 oder 48 Wochen und bei jedem dritten Patienten muss in dieser Zeit mit Depressionen gerechnet werden; häufig können Gewichtsabnahme und Haarausfall auftreten. All diese «Begleiterscheinungen» der Immuntherapie belasten natürlich Körper und Seele erheblich.

Der Verlauf und die Erfolgsaussichten einer solchen Behandlung sind nicht voraussehbar; eine ständige Kontrolle von Blut- und Leberwerten ist unerlässlich. Zurzeit beziffert die Statistik die durchschnittliche Quote für eine dauerhafte Ausmerzung des Virus auf 60%. Aber was kann die Statistik gegen die Hoffnung?

Für den Verlauf der Behandlung gibt es verschiedene Möglichkeiten: Das Virus kann schnell und dauerhaft verschwinden, es kann temporär verschwinden und plötzlich wieder auftauchen oder es spricht gar nicht auf die Therapie an. Wann aber gilt der Patient als geheilt? Der Erfolg wird anhand einer Normalisierung der Leberwerte und eines Verschwindens des Hepatitis-C-Virus im Blut sichtbar. 6 Monate nach Abschluss der medikamentösen Behandlung müssen diese Werte noch einmal überprüft werden. Erst wenn sie auch dann nicht mehr nachgewiesen werden können, gilt die Krankheit nach heutiger Erkenntnis als definitiv geheilt.

Wie aber würde eine solche Therapie meinen Alltag, mein Leben insgesamt verändern? Wann, wie, und wem gegenüber sollte ich mich outen?

«Ich habe mich einfach durchgeseucht», antwortete Herr C. auf meine Fragen am Telefon. C. war die erste Person mit der ich nun, über Dr. R., Kontakt aufnahm, um mir ein Bild über den möglichen Verlauf einer solchen Therapie zu machen. Er war älter als ich und hatte diese Behandlung schon vor einigen Jahren, in 48 Wochen, durchgemacht – erfolgreich. C. musste sich das Interferon damals noch täglich injizieren; dennoch war er jeden Tag zur Arbeit gegangen. Alles in allem war er froh, dass er die Therapie gemacht hatte. Er hatte sich durchgeseucht … Viel mehr gab es nicht zu sagen.

S. kannte ich von früher. Sie war die erste Person, von der ich überhaupt wusste, dass wir die gleiche Krankheit hatten und sie war jünger als ich. Während ihrer Behandlung traf ich sie ab und zu zufällig in Zürich und sprach mit ihr darüber. Sie litt unter anderem unter Haarausfall, wirkte sonst aber sehr tapfer und gefasst. Sie hat ein Kind und arbeitete nicht während ihrer Immuntherapie, die ebenfalls 48 Wochen dauerte. Ein halbes Jahr nach deren Ende tauchte das Virus jedoch wieder auf. Trotzdem war auch sie froh, die Behandlung gemacht zu haben. «Alle fünf Jahre ein Stich», sagte sie und meinte damit die Biopsie, die sie jetzt regelmässig zur Kontrolle macht. Ihre Leberwerte haben sich stabilisiert und ihren Lebenswandel hat sie seither zu ihrer Zufriedenheit radikal umgestellt.

«Das Schlimmste sind die Sitzungen im Geschäft», meinte F., die ich zuvor ebenfalls nicht gekannt hatte. Während ihrer Therapie reduzierte sie ihr Arbeitspensum bei einem Verlag. Sie war ebenfalls jünger als ich und auf Grund ihres Genotyps sollte die Behandlung «nur» 24 Wochen dauern. Zur Zeit meiner Kontaktnahme konnte sie deren Ende kaum mehr erwarten. Während der übrigen Zeit versuchte sie, sich intensiv auf die Krankheit einzulassen oder aber auch, sich von ihr zu erholen. Das Sofa zu Hause war dafür ihr bevorzugter Ort geworden. Nur wenige Personen waren in ihre Therapie eingeweiht, deren Ausgang zurzeit nicht eindeutig geklärt ist.

P. lernte ich erst ein paar Wochen nach Beginn meiner Behandlung über eine Bekannte kennen. Er ist etwa gleich alt wie ich und seine Therapie sollte sieben Monate dauern. Von meinen Kontaktpersonen war er der Einzige, bei dem die Diagnose Hepatitis C auf Grund völliger Entkräftung praktisch notfallmässig zur sofortigen Behandlung mit Interferon/Ribarivin geführt hatte. Diese Zeit muss für ihn sehr schwer gewesen zu sein. Er war arbeitsunfähig, ging kaum mehr aus dem Haus und litt unter schweren Hautausschlägen.

Seine Schilderungen hörten sich dramatisch an und ich sah unmittelbar irgendeine heilige Veronika vor mir, deren Statue an einem Wallfahrtsort in Spanien steht und aus deren Brust, so die Erzählungen der Pilger, ein Mal im Jahr leibhaftiges Blut austreten soll.

Die Behandlung von P. war erfolgreich verlaufen, seine Blut- und Leberwerte sind heute wieder normal. Aber im Gegensatz zu den anderen Personen, die sich von der Therapie wieder völlig erholt haben, leidet er auch jetzt, ein Jahr nach deren Ende, noch immer an Spätfolgen, wie hohem Blutdruck und Depressionen.

Ich hatte genug gehört. Die Gespräche mit den verschiedenen Menschen, welche die Therapie bereits hinter sich hatten, halfen mir weiter, aber entscheiden musste ich jetzt selbst. Was würde dieser Entscheid für meinen Alltag bedeuten, für mein Familienleben, meine Arbeitssituation? Bisher war nur meine nächste Umgebung in meine Krankheit eingeweiht; wen sonst sollte oder müsste ich, im Falle einer so langen Beeinträchtigung, nun zusätzlich über Krankheit und Therapie informieren? Würde ich meine Verantwortung als Geschäftsleiter eines KMU weiterhin wahrnehmen können, die Teilzeit-Betreuung meines schulpflichtigen Sohnes? Und das Zusammenleben zu Hause überhaupt? Wie würden wir uns in dieser belastenden Situation gegenseitig ertragen? Und wie würde meine Frau auf mich und die veränderte Situation reagieren?

All dieses Fragen wollte ich, so weit überhaupt möglich, jetzt noch klären.

Mein Bruder und mein Freund Wäle anerboten mir Unterkunft bei sich, falls es zu Hause für alle Beteiligten zu eng oder zu viel würde und ich sprach mit Familie, Verwaltungsrat, Mitarbeitern, Freunden und Nachbarn. Dies erleichterte mich zwar, machte mich aber auch verletzlicher. Ich wollte mich jedoch auf keinen Fall dem zusätzlichen Stress aussetzen, Unklarheit und Fragen aufkommen zu lassen, um mich dann später unter Druck doch noch erklären zu müssen.

Und dann war ich bereit. Eine wirksame Alternative zur Kombi-Behandlung mit Interferon/Ribarivin schien es, nach meinem Wissensstand, nicht zu geben und ich informierte Dr. R., um sämtliche Details für die Therapie zu besprechen. Ich beschloss, deren Beginn auf den November festzusetzen, eine Jahreszeit, die meinem Lebensgefühl erfahrungsgemäss noch nie grosse Sprünge gestattet hat.

Und so sollte die medikamentöse Behandlung der Hepatitis C mit Interferon/Ribarivin im Alltag konkret ablaufen:

Jeweils ein Mal in der Woche, in meinem Fall am Mittwoch Abend, war die Injektion mit pegyliertem Interferon, namens Pegasys vorgesehen. Dieses Medikament wird mit einer Fertigspritze in Bauch oder Oberschenkel appliziert, muss im Kühlschrank aufbewahrt und unbedingt regelmässig verabreicht werden. Unterstützt wird die Injektion von Interferon durch die zwei Mal tägliche Einnahme von insgesamt fünf Ribarivin-Filmtabletten mit Namen Copegus. Auch hier ist Pünktlichkeit für den Therapie-Erfolg entscheidend.

Das Interferon wird am Abend injiziert, um den Beginn der Nebenwirkungen möglichst zu «verschlafen.» Die zwei ersten Tage nach der Injektion sollte ich zumindest anfangs zu Hause verbringen. Dafür hatte mich Dr. R. vorerst krank geschrieben. Zur Linderung der zu erwartenden Grippesymptome erhielt ich das Schmerzmittel Influbene.

Die Vorstellung, mir die Fertigspritze Pegasys selbst zu injizieren, war mir anfänglich sehr unangenehm, und zu Beginn der Behandlung liess ich mich jeweils in der Praxis von Dr. R. instruieren und anleiten. «Sie können das», wurde meiner anfänglichen Widerwilligkeit dann beschieden, und so wie meine Gesprächspartner darüber gesprochen hatten, begann ich mit der Zeit daran zu glauben. Auch hier war die Vorstellung unangenehmer gewesen als die Realität.

«Am Schlimmsten ist der Anfang», hiess es im Ratgeber, und «Auftreten und Ausmass der Nebenwirkungen sind individuell sehr verschieden.» Die beiden Angaben schienen gemäss meiner Logik nicht völlig übereinzustimmen, aber darüber würde ich mir später den Kopf zerbrechen können.

An einem trüben Novembertag nach der Arbeit wurde mir also die Verabreichung des Interferons mit einer

Fertigspritze erstmals im Detail erklärt, die Injektion in die Bauchfalte schmerzte nicht wirklich, und da ich mich nie informiert hatte, wie lange es dauern würde bis deren Wirkung eintrat, erwartete ich so etwas wie einen unmittelbaren Flash. Nichts derartiges passierte, ich nahm noch ein Influbene zu mir und verabschiedete mich.

Und dann wieder raus auf die Brücke und wieder rein in die Touristen und im Hintergrund lauerte auch schon wieder dieses schwarze Loch, mit dem ich heute nichts, aber auch gar nichts, zu tun haben wollte. Wir würden uns ohnehin immer wieder begegnen. Stattdessen liess ich mich durch den Regen und die Strassen treiben und landete schliesslich, einfach um mich zu zerstreuen, in einem Warenhaus in Abteilungen mit Auslagen, die ich weder wirklich suchte noch brauchte. Die Verkäuferinnen sahen müde aus und die Menschen hetzten dem Ladenschluss entgegen. Also machte ich mich ebenfalls auf den Heimweg und freute mich auf das gemeinsame Nachtessen. Ich erzählte und nahm, wie geplant, die vorgesehenen drei Tabletten Copegus und noch ein Influbene zu mir. Im Verlaufe des Abends nahm die Wirkung des Interferons zu und langsam begann dieser Schleier, den ich Scheibe nannte, zwischen mir und meiner Umgebung aufzuziehen.

Dieser Zustand sollte mich während der ganzen Zeit der Immuntherapie begleiten und er hatte nichts mit einem Rausch, sondern vielmehr mit einer andauernden Belegung und Anspannung gemein. Es war jetzt immer, und ohne Pause, etwas da, das zu meiner gewohnten Realität auf Distanz gegangen war. Und dies irritierte mich zu Beginn der Behandlung gewaltig.

Ich hatte in meinem Leben nie wirklich unter Schlaflosigkeit gelitten und auch in dieser Nacht ging ich müde und zudem erleichtert über den vollzogenen Schritt, zu Bett. Aber jetzt fand ich keinen Schlaf mehr und wälzte mich Stunden lang hin und her. Ich hörte mein Herz laut und wie unter Wasser pumpen und mein Mund fühlte sich zunehmend trockener und trockener an, als hätte ich die Wüste Gobi verschluckt.

8

«Du bist mein Held», sagte Bänz und das sagte er oft, um mich zu unterstützen, wenn sich mein Alltag jetzt eher unheroisch präsentierte und es eigentlich gar nichts zu feiern gab.

Manchmal nannte er mich auch bei meinem Titel als Managing Director, weil dieses ständige Anhängsel, wie es sich gehört, so schön grossgekotzt und anglophon jeweils meine geschäftlichen E-Mails zierte. Noch besser tönt natürlich der Titel CEO, und in manchen Unternehmen gibt es mehrere davon, damit jeder das Gefühl hat, er sei der Wichtigste ohne genau zu wissen, wer eigentlich wessen Vorgesetzter ist.

Ich meinerseits sprach Bänz manchmal als Musik-Papst an, als den man ihn ohne Zweifel auch sehen kann.

Als wir uns kennen lernten, war er Musik-Journalist beim Nachrichten-Magazin FACTS und ich Promoter beim Musik-Independent RecRec Medien AG. Bänz war der Ruf vorausgeeilt, unerbittliche Reviews zu verfassen; entweder er wäre voll dafür oder ganz dagegen. Ich sah ihn vielmehr als Kampagnen-Journalisten, der eine Geschichte zwar unbedingt als Erster bringen, sie manchmal gar «erfinden» wollte, sich dafür aber auch enorm einsetzte. Gegenüber dem Mainstream war er mehr als skeptisch und Kopien waren ihm zuwider; ihn faszinierten das Authentische und die Verlierer, aber durchaus auch jene, die vom Rand aus gestartet und auf ihrem Weg zu Ruhm und Erfolg, sich selbst geblieben waren. Er sah die MusikerInnen immer in ihren gesellschaftlichen Zusammenhängen; ob Madonna oder Chris von Rohr, U2 oder Werner Aeschbacher machte für ihn keinen Unterschied.

Ich war der Ältere, aber obschon wir eine Generation auseinander waren, hatten wir eine ähnliche politische Vergangenheit, die in einem gemeinsamen Weltbild weiter lebte. Und da ich auch später als Geschäftsleiter die grossen Kampagnen weiterhin betreute, hatten wir andauernd viel mit einander zu tun. Es gab eine intensive Verwandtschaft zwischen uns, die sich mit den Jahren zu einer Freundschaft entwickelte, die auch heute noch besteht.

Uns prägte nicht nur die gemeinsame Abneigung gegen das Bildungsbürgertum; wir sprachen auch viel privat mit einander und begleiteten uns immer wieder in unseren Erkenntnissen über die Unterschiede zwischen Mann und Frau: Dass Männer sich immer wieder aufopfern bis sie zusammenbrechen und dann der Frau die Schuld dafür geben. Oder dass Frauen ihre Ansichten meist während gemeinsamen Gesprächen entwickeln, während Männer am liebsten erst über etwas sprechen, wenn sie ihre Meinung für sich alleine ausgebrütet haben.

Über die Landesgrenzen bekannt wurde Bänz, und seither nenne ich ihn den Schweizerischen Musikpapst, nachdem er als Journalist die Kuba-Welle hier entscheidend losgetreten hatte, welche die Branche, wie Techno und Hip Hop, musikalisch entscheidend verändern sollte. Es hatte anderswo und hier zu Lande in der Vergangenheit bereits ein paar wenige JournalistInnen gegeben, die seit Jahren der Öffentlichkeit Musik aus dem Süden näher brachten, die heute als Weltmusik vermarktet wird, und eigentlich ist es ein Wunder, dass diese nie mit dem Etikett Umweltmusik versehen wurde.

Ich selbst interessierte mich dafür erst, als ich von meinem ersten Besuch aus Afrika zurückgekehrt war. Einigermassen bekannt und einem breiteren westlichen Musikgeschmack zugänglich, waren zu diesem Zeitpunkt erst Cesaria Evora von den Kapverdischen Inseln und Ali Farka Touré aus Mali durch seine Veröffentlichung *Talking Timbuktu* mit dem amerikanischen Slide-Gitarristen Ry Cooder. Als Touré damals gefragt wurde, ob er durch diese Zusammenarbeit viel von Cooder gelernt habe, antwortete er «nein, aber er von mir», worauf ein entrüstetes Raunen durch Journaille und Öffentlichkeit ging. Aber in der Musikbranche musste man jetzt entweder völlig bekloppt oder auf seinen Pfründen eingeschlafen sein, um nicht vorauszusehen, dass im Rahmen der Globalisierung Musik aus dem Süden bald erfolgreich in die Gehörgänge hiesiger Musik-Konsumenten gelangen und sich dort dauerhaft festsetzen würde.

Während die Majors der Musikindustrie nach wie vor die Rock-/Pop-Zitrone auspressten und immer wieder uralte Acts neu aufbereiteten, hatten kleine unabhängige Labels, kaum beachtet vom Markt, längst begonnen, hervorragende Musik aus dem Süden zu produzieren. Dazu gehörte auch Günter Gretz mit seinem deutschen Label Popular African Music, aber auch dessen Bewunderer Nick Gold und sein englisches Label World Circuit.

1997 legte Nick Gold eine Serie mit längst vergessenen Altmeistern aus Kuba vor. Höhepunkt dieser Trilogie war das Album *Buena Vista Social Club*, auf welchem erneut der amerikanische Slide-Gitarrist Ry Cooder mitwirkte.

Cooder war schon damals eine lebende Legende und Journalisten auf der ganzen Welt durchaus bekannt. Dieses Album schlug ein wie eine Bombe; es war nicht nur sehr gut produziert, sondern gab auch unzählige Promotions-Geschichten für die Sehnsüchte und Projektionen westlicher Musikkonsumenten her: Kuba, Sonne, Karibik, vitale und zu Unrecht in Vergessenheit geratene Altstars und natürlich der Amerikaner Cooder, der sich sparsam, aber musikalisch sehr prägnant, in den Hintergrund der kubanischen Musiker stellte.

Die CD war und ist auch heute noch ein riesiger kommerzieller Erfolg, verkaufte sich millionenfach und weckte die Sleeper, eine mittelalterliche Kundschaft, die in der Anonymität moderner Plattenläden damals nichts mehr verloren hatte. Höhepunkt dessen, was später als Kuba-Welle in die jüngere Musikgeschichte eingehen sollte, war ein Film von Wim Wenders und eine Doppelplatzierung von *Buena Vista Social Club* und des folgenden Solo-Albums von Ibrahim Ferrer auf den Rängen 1 und 2 der deutschen Hitparade – etwas, das es seit den Beatles nie mehr gegeben hatte.

Während die multinationalen Plattenkonzerne schon damit beschäftigt waren zu fusionieren, Kernkompetenzen auszulagern, den Nachwuchs und damit letztlich sich selbst verhungern zu lassen, hatte sich World Circuit für seinen Katalog auf der ganzen Welt ein Vertriebsnetz unabhängiger Firmen aufgebaut und dazu gehörten auch wir von RecRec. Dies ist für ein Label zwar aufwändig, aber auch viel übersichtlicher und persönlicher, wodurch für Gold jederzeit die Gewissheit bestand, es mit den richtigen Partnern zu tun zu haben.

Bänz war der erste Journalist, dem es gelungen war, schon vor der Veröffentlichung des *Buena Vista Social Club* ein Interview mit Ry Cooder zu führen, welches im Nachrichten-Magazin FACTS auf zwölf Seiten veröffentlicht wurde. Der Kuba-Boom war nicht mehr aufzuhalten!

Ein paar Monate später fand in Amsterdam das erste der zwei einzigen Buena Vista-Konzerte statt. Dies war auch der Beginn zu den Dreharbeiten von Wim Wenders' Film, der später unter dem gleichen Namen weltweit in die Kinos gelangte. Der Anlass war Magie pur und Bänz tanzte wie ein Wahnsinniger durch den Backstage-Bereich des Carrée Theater. «Wir erleben einen historischen Moment», rief er immer und immer wieder, und damit sollte er Recht behalten, denn bald darauf starben die ersten Musiker dieser Formation, Compay Segundo und Rubén Gonzalèz.

1994 fuhr ich in einem völlig überfüllten Taxi durch die Strassen von Burkina Faso's Hauptstadt Ougadougou, als aus einem Kassetten-Gerät ein Sound schepperte, der mich unverzüglich elekrisierte. «C'est le Couple Aveugle», beantwortete der Beifahrer des Taxi-Chauffeurs meine Frage nach den Autoren dieser Musik. Der Name sagte mir nichts und es sollte eine geraume Weile dauern, bis ich schliesslich zuoberst im Zentralmarkt von Ougadougou eine Kassette mit der ungefähren Bezeichnung einer solchen Formation fand: *Amadou Bagayoko et Mariam Doumbia – Le Couple Aveugle du Mali.*

Die Beiden sind ein blindes Paar, das seit Jahren zusammen Musik macht, die mich seither nie mehr los gelassen hat. Im Sahel schon damals zu einer Art Mythos geworden, veröffentlichten sie in den folgenden Jahren einige miserabel produzierte CDs auf europäischen Major-Ablegern – vorerst unbeachtet und erfolglos.

«Der Blues kommt aus Afrika», hatte Bänz einst geschrieben und damit etablierte Connaisseurs dieses Genres verärgert. – heute würde dem kaum mehr widersprochen, damals aber sollte auch der Blues eine amerikanische Erfindung sein und bleiben.

Ein Jahr später war Bänz auf dem Weg nach Mali. Unter dem Titel «Mali – Die Zukunft der Musik» veröffentlichte FACTS seine Reise zur Wiege des Blues. «Es tönt wie Rap, Blues und Chanson, doch es ist jahrhundertealte Tradition. Eines der ärmsten Länder der Welt hat eine ungemein reiche Kultur. Malis Musiker besinnen sich auf die Vergangenheit und weisen dem Pop den Weg in die Zukunft; 1998 ist ihr Jahr.»

Damit war er zu früh. Musik aus Afrika, und im Besonderen aus Mali, ist zwar seither zu einem festen Bestandteil vieler Label-Kataloge geworden, aber an den kommerziellen Erfolg kubanischer Musik reichte diese vorerst nicht heran. «Spanish Is The Loving Tongue», könnte eine Erklärung dafür sein.

Der Durchbruch kam erst später. In Zusammenarbeit mit dem französischen Pop-Star und Globalisierungsgegner Manu Chao, landete das Duo Amadou Bagayoko & Mariam Doumbia, das frühere Couple Aveugle du Mali mit *Dimanche à Bamako* den Sommer-Hit 2005.

Als Journalist hat sich Bänz aber auch nie davor gescheut, die dubiosen Machenschaften des einstmals so mächtigen und aufgeblasenen Musik-Business' anzuprangern. Einer seiner finanzstarken Exponenten hetzte ihm deshalb während Monaten eine ganzen Armada von Bahnhofstrasse-Anwälten auf den Hals und klagte ihn schliesslich wegen Ehrverletzung ein. Zwar wurde im Urteil nicht am Inhalt seiner Aussagen gerüttelt, aber er musste sich öffentlich entschuldigen, «den Eindruck erweckt zu haben ...» etc. «Dies hat mich zwei Jahre meines Lebens gekostet», sollte er später einmal dazu sagen.

Seit kurzem spielt Bänz mit dem Gedanken, dem Musikjournalismus den Rücken zu kehren, und heute habe ich ihm ein SMS geschickt «Es ist in der Natur nicht vorgesehen, dass Päpste von sich aus zurücktreten.» Bänz ist mein Held.

9

«What do you do if you can't sleep», fragt Nicole Kidman Sean Penn im Film *The Interpreter* und dieser antwortet «I stay awake.»

Das tönt ebenso einleuchtend wie banal, aber so ist es. Die Schlaflosigkeit war quälend und wurde zu meinem ständigen Begleiter und die Tage danach waren meist schlimm. Aber in den endlosen Nächten zuvor war ich auch so auf mich zurückgeworfen, dass sich mit der Zeit wieder Türen zu mir selbst öffneten, die lange verschlossen gewesen waren. Mein Unterbewusstsein meldete sich unablässig und meine Vergangenheit war präsenter denn je. Und je länger der Körper aus Krankheit bestand, desto klarer wurden meine Gedanken. Viele Themen und Gedanken, die sich über die Jahre so diffus verklärt hatten, landeten plötzlich wieder an einem präzisen Punkt.

Auch das andauernde «weiter machen», welches meinen Alltag normalerweise so sehr bestimmte, war sehr bald nicht mehr praktikabel. Angesagt war sehr schnell ein neuer Energiehaushalt, der es mir erlaubte, mich einerseits so gut wie möglich auf die Therapie einzulassen und mich andererseits nicht völlig von meiner Umgebung isolierte. Ich musste lernen, dass der Verlauf der Behandlung teilweise nicht planbar war und immer wieder etwas Überraschendes passieren konnte.

Bereits die erste Zeit nach der Geburt unseres Sohnes hatte mir nebst viel Freude auch eine ständige Überforderung beschert. Eltern sein wird nirgends gelehrt und der Lebensrhythmus, den man sich über die Jahre in den Kopf gesetzt hat, wird durch die plötzliche Präsenz eines Kindes zumindest anfänglich total über den Haufen geworfen.

Jetzt aber vermutete ich mich noch näher an meinen Grenzen. Trotzdem oder gerade deswegen hatte ich den Ablauf meiner Woche sorgfältig aufgegleist.

Am Montag war, so gut wie möglich, weiterhin Kinderbetreuung angesagt; daran wollte ich auf keinen Fall rütteln, denn was mittlerweile sogar dem Arbeitgeberpräsidenten Recht ist, kann auch für mich nur gut sein. Meine Frau war bereits auf ihrem Weg zur Arbeit, als der Wecker um 7 Uhr wie immer diesen ersten Wochentag einläutete und ich mich, falls nötig, aus dem Bett zwang, um zu duschen und meinen Sohn zu wecken. Nach dem gemeinsamen Morgenessen ging er zur Schule und ich erledigte, wie gewohnt, die Hausarbeit. Danach nahm ich Kontakt auf mit dem Geschäft, ging einkaufen oder legte mich bis zum Mittagessen noch einmal hin. Am Nachmittag hatte mein Sohn schulfrei, und falls er nicht mit einem anderen Kind zum Spielen abgemacht hatte, stand meist der gemeinsame Besuch in der Stadtbibliothek auf dem Programm: Neuer DVD, neue Comics und zuvor oft noch ein Termin bei Dr. R. zur Blutkontrolle. Wieder zu Hause setzten wir uns vor den Laptop und schauten zusammen den eben ausgeliehenen Film an. Dieses Ritual war meinem Sohn heilig, denn DVD gab es für ihn nur ein Mal in der Woche und ein Fernseher gehörte nicht zu unseren Haushaltsgeräten. Wenn der neue Film jedoch nicht neu war, sondern es sich zum x-ten Mal um *Yu-Gi-Oh – Angriff aus der Tiefe* handelte, störte es mich gar nicht, dazwischen die Wäsche zu erledigen und zeitig das Nachtessen zuzubereiten, bis kurz nach 7 Uhr meine Frau nach Hause kam.

Dienstag und Mittwoch war ich im Büro in Zürich, um die Arbeit als Geschäftsleiter, für die mir vorher die doppelte Zeit zur Verfügung gestanden hatte, zu bewältigen. Dies war natürlich nur teilweise möglich: Meine Mitarbeiter, die ich vorher ausführlich informiert hatte, brachten mir sehr viel Verständnis entgegen, aber ich konnte den Geschäftsgang wegen meiner Therapie auch nicht völlig auf den Kopf stellen. Ich war aber auch überrascht, wie gut es mir gelang, den wichtigsten Teil meiner Arbeit in dieser Zeit zu erledigen. Ich lernte, mich weniger zu verzetteln, besser zu delegieren, mich präziser und kürzer zu fassen und mein Handy rund um die Uhr eingeschaltet zu lassen, um immer erreichbar zu sein.

Manchmal glich das Ganze einem Spiessrutenlaufen, aber dies war der Preis dafür, Alltag und Therapie so gut wie möglich unter einen Hut zu bringen. Das Eine ohne das Andere schien mir weder sinnvoll noch praktikabel.

Am Mittwoch abend injizierte ich das Interferon mittels dieser Fertigspritze; anfänglich in der Praxis von Dr. R. und später zu Hause, manchmal aber auch unterwegs, wenn dies wirklich unvermeidlich war. Und dies war aufwändig, da das Interferon kühl aufbewahrt werden musste. Auch die täglich zweimalige Einnahme der Ribarivin-Filmtabletten durfte auf keinen Fall vergessen werden, was am besten klappte, wenn ich sie zum fraglichen Zeitpunkt immer in meiner Nähe wusste.

Zu Beginn der Behandlung war ich am Donnerstag einfach krank. Ich lag im Bett und sämtliche Aktivitäten waren tabu. Am Freitag fühlte ich mich etwas besser und die Nebenwirkungen wurden schwächer.

Das Wochenende sollte der Familie gehören, was mir nicht immer gelang. Oft wirkten sich die Anstrengungen der vergangenen Woche erst jetzt aus, oder aber ich konnte mir diese erst jetzt richtig zugeben. Schon in den Jahren meiner unbehandelten Hepatitis C hatte ich am Wochenende oder zu Beginn der Ferien oft Fieber. Mit der Zeit versuchte ich, manchmal mit Erfolg, diesen Ablauf zu steuern, indem ich ihn mir bewusst machte und die Notbremse früh genug zog. Auch dies schaffte ich nicht immer und manchmal kommt einfach alles zusammen.

«Der Anfang ist am schlimmsten», hatte ich immer wieder gehört. Bei mir war es anders, der Verlauf meiner Therapie verlief in Phasen, die Nebenwirkungen traten verzögert oder immer wieder anders auf, und mit der Zeit war eigentlich nur noch das Unvorhergesehene voraussehbar.

Die erste Zeit erlebte ich noch nicht als allzu einschneidend. Abgesehen von der Schlaflosigkeit, plagten mich Schüttelfröste, Fieber und Gelenkschmerzen im Nacken, andauernde Atemnot und Juckreiz, verursacht durch zunehmend trockene Haut. Später kamen schlecht verheilende Hautinfektionen dazu, die ich mit Lotionen und einer Antibiotika-Salbe behandelte. Aber ich funktionierte und nichts war schlimmer, als ich es mir vorgestellt hatte. Ich gewöhnte mich an diese Scheibe zwischen mir und dem Rest der Welt, die sich weiterhin um sich drehte.

«Du machst das gut», meinte meine Frau dann immer wieder, wenn ich versuchte, meinen Zustand möglichst pragmatisch zu reflektieren, um die Kontrolle nicht zu verlieren und mir Mut zu machen. Ich selbst war mir darob nicht so sicher, und wenn wir jeweils endlich im Bett lagen, sprach und sprach ich, bis ich endlich bemerkte, dass sie längst eingeschlafen war.

Ich war mir bewusst, dass ich jetzt schneller ungeduldig und gereizt war, und deshalb sowohl Sitzungen wie gesellschaftliche Anlässe möglichst kurz halten wollte. Für mehr fehlte mir je länger je mehr einfach die Energie. Ich bemühte mich, weder verletzend noch ausfällig zu werden, was mir nicht immer und dann am besten gelang, wenn ich klar nein sagen konnte, falls mir etwas zu viel war oder wurde. «Es ist nicht so schlimm, das ist wegen deiner Kur», meinte mein Sohn dann jeweils, aber auch «du wirst einfach schneller aggressiv», wenn ich ihn nervte. «Stirbst du sonst, wenn du diese Kur nicht machst?», hatte er mich gefragt, als ich ihn zuerst über meine Krankheit und später über die Therapie informiert hatte. «Nicht unbedingt, aber vielleicht», hatte ich vage geantwortet und dem «wann?» wich ich aus. Mein Sohn schwieg.

Und ich informierte, so weit es die Situation erforderte, Menschen mit denen ich zu tun hatte, jeweils bei Bedarf auch ad hoc über meinen Zustand.

Meine Blutwerte waren von Anfang an kritisch, die Neutrophilen, eine Untergruppe der weissen Blutkörperchen (Leucozyten), durch die Verabreichung des Interferon zumeist im Keller. Dies hatte zur Folge, dass ich zur Blutentnahme ständiger Gast in der Praxis von Dr. R. war. Ein Abfallen der Neutrophilen unter den Grenzwert musste absolut verhindert werden, um keine schweren Infektionen zu provozieren. Andererseits war eine Reduktion der Interferon-Dosis möglichst zu vermeiden, um keine Produktion neuer Viren aufkommen zu lassen. Auf dieser Gratwanderung bewegte ich mich während der ganzen Behandlung; das Warten auf die Blutwerte ähnelte dem Warten auf die Lottozahlen, aber dieses Warten war nicht spannend, sondern quälend.

Als mindestens so wichtig erwies sich die ständige Kontrolle der Leberwerte zur Übersicht über die Entwicklung des Virus. In meinem Fall war dieses sehr schnell nicht mehr nachweisbar, was erstmals ein gutes Zeichen und letztlich für mich der entscheidende Halt war, die Strapazen durchzustehen. Ich hatte eine Perspektive und es gab, immer in Sichtweite, ein Ziel. «Zwei Schritte vorwärts – einen Schritt zurück», hörte ich mich jeweils Lenin umgekehrt zitieren; auf ein verlorenes Jahr würden vielleicht mehrere gewonnene folgen.

Mir war geraten worden, während der Behandlung auf keinen Fall die Zeit zu zählen, was ich von Anfang an missachtete, denn genau dies brauchte ich als Stütze und Orientierungshilfe zur Strukturierung von Alltag und Therapie. Und die reichte dann von Mittwoch zu Mittwoch, von Spritze zu Spritze und mit der Zeit von Monat zu Monat. Ich zählte die Zeit wie ein Gefangener, der an der Wand seiner Zelle Kreuze anbringt, um sich nicht völlig zu verlieren. «Doing Time», eben; und diese Erfahrung war mir nicht fremd.

10

«Nein, nein – es geht gut», scherzte mein Freund Rolf Thut lauthals, während wir von beiden Seiten am Gitter rüttelten, das uns von einander trennen sollte. Es war nicht das erste und auch nicht das letzte Mal, dass ich das Bezirksgefängnis in Zürich von innen sah, und ich bin noch heute stolz darauf.

Mein Vater erwähnte damals oft seinen eigenen Vater mit den Worten «wer mit 20 kein richtiger Revolutionär ist, wird mit 50 kein guter Demokrat sein.» Mit dem ersten Teil dieser Aussage war ich einverstanden; vom zweiten wollte ich nichts wissen. Heute könnte ich wohl ganz unterschreiben.

Als kleines Kind soll ich mich an Weihnachten mit meinen Geschenken in einer Ecke verkrochen und den lieben Gott darum gebeten haben, diese den armen Kindern zukommen zu lassen. War ich das wirklich oder war mir bereits die entscheidende Portion Christentum eingeimpft worden, die viele von uns während des ganzen Lebens auf diese oder die andere Art prägt? War da bereits schlechtes Gewissen oder schon diese Ablehnung von Ungerechtigkeiten, die ich noch heute nicht ertrage, und die meinen späteren Weg so entscheidend bestimmen sollte? Möglicherweise hatte ich auch einfach etwas falsch verstanden, denn eine solche Geisteshaltung gilt für die private Wahrnehmung des primären Lebensziels – der Herstellung von materiellem Mehrwert, als nicht ausgesprochen förderlich.

Später hasste ich Weihnachten. Die jeweils organisierte Fröhlichkeit um das ganze kommerzielle Brimborium erschien mir heuchlerisch und abstossend. Ich wollte keine Geschenke mehr.

Erst viel später, im Zusammenhang mit Kindern, vermochte ich Weihnachten als Ritual wieder einen Sinn abzugewinnen. Wie andere Männer besorge ich jedes Jahr mit meinem Sohn gerne diesen Baum. Oft ist, gemäss meiner Frau, daran ökologisch etwas nicht in Ordnung, aber dies tut seiner alsbald geschmückten Schönheit letztlich keinen Abbruch. Angesichts der Lichter in strahlenden Kinderaugen erfasst dann auch mich diese heilige Versöhnlichkeit und Altersmilde, die mich an meinem gestrengen Grossvater einst so verwirrt hatte.

Ich wurde 1949, kurz nach dem Ende des 2. Weltkriegs, geboren, als die Elterngeneration entschlossen damit beschäftigt war, die Zeit der Entbehrungen hinter sich zu lassen und Wohlstand zu schaffen. Kalter Krieg und Antikommunismus prägten das vorherrschende Weltbild dieser Gesellschaft und alles Fremde wurde nach wie vor als Bedrohung empfunden. Davon abweichende Fragen galten als störend, unbequem und bald einmal als subversiv. Es war einfach so!

Als neugieriger Jugendlicher genügte mir dies bald einmal nicht mehr. Alle wussten bereits, was richtig war und die Antworten auf meine suchenden Fragen waren immer die gleichen. Das Wissen nach dem wahren Sinn des Lebens schien für immer in irgendwelchen Banksafes eingeschlossen; ich fühlte mich einsam und unverstanden.

Spätestens in der Pubertät hatte ich genug von diesem absurden Theater. Ich wollte selber herausfinden, worum es wirklich ging und ich begann mich zu verweigern und gegen alles Bestehende zu rebellieren, wofür ich (wohl zu lange) in erster Linie meine Eltern verantwortlich machte. Und doch wünsche ich heute keinen Eltern, was meine mit mir durchgemacht haben.

Vater war oft im Ausland, erfolgreich damit beschäftigt seine Karriere aufzubauen und für mich bald eine öffentliche Über-Figur. Ich begann ihn herauszufordern und mich seinen Ausführungen zu entziehen, denn eigentlich interessierte mich nur das Gegenteil. Zu Beginn scheiterte ich kläglich, denn meine ungestümen Argumente reichten nicht an sein Wissen heran und wurden als scheinbare Behauptungen enttarnt, um von einem gnadenlosen «kannst du das beweisen?» zerfetzt zu werden. In diesen Auseinandersetzungen fand sich der Rest der Familie verbal völlig erdrückt und mein Bruder erzählt noch heute, dass er sich damals geschworen hatte, sich niemals auf diese Art von Konfrontationen einzulassen.

Bald fasste ich den Entschluss, mich nicht mehr auf Vaters Terrain einzulassen, und statt dessen wie viele Jugendliche, mein Eigenes zu suchen, auf dem ich mich mit ihm und der Welt messen wollte, um so sämtlichen einengenden Spielregeln und Konventionen zu entkommen.

Ich hatte Glück; die Zeit war reif und diese schien jetzt plötzlich auf meiner Seite zu stehen. Beat Brauchli, der Sohn der Nachbarn, den ich vorher nie gross beachtet hatte, trug plötzlich abgewetzte Klamotten und lange Haare,

Outfit der Beatniks, wie ich alsbald erfahren sollte. Wir kamen ins Gespräch und wurden Freunde. Auch Ueli Frei, Pfarrerssohn und Banknachbar im Gymnasium, liess sich nun, wie ich, ebenfalls die Haare wachsen und in den Pfadfindern schleppte «Übersee-Müller» die ersten Singles und LPs mit dieser umwerfenden neuen Beat-Musik aus England an: The Rolling Stones, The Searchers, The Animals und wie sie alle hiessen. Im Schaufenster des einzigen Radiogeschäfts meiner Wohngemeinde Küsnacht hing plötzlich ein merkwürdiges LP-Cover, auf dem hart ausgeleuchtet vier langhaarige Typen zu sehen waren. Über dem grobkörnigen schwarz/weiss-Foto stand *With the Beatles*, welche in England eben die Beatlemania losgetreten hatten.

Inzwischen hatten die ersten Comics, BRAVO und anderer «Schund» vom Kiosk die amtlichen Lehrmittel abgelöst, und auch die Mode veränderte sich rasant.

In Tom's Men Shop und später bei Naphtaly waren Twist-Hosen, Beat-Stiefel und Blumen-Hemden zu finden; andere Boutiquen gab es damals in Zürich noch nicht. Es entstanden die ersten Insider-Kneipen, Beat-Schuppen und Privatklubs: Platte 27, Schwarzer Ring, Bali, Pony, Revolution und Hirschen, in denen man sich traf und wo die ersten Beat-Gruppen auftraten; ständig beargwöhnt von den Hütern von Ruhe und Ordnung.

Nachts unter den Bettdecken ertönten aus den Transistor-Radios die neuesten Hits über Radio Luxembourg und Radio Caroline und bald einmal zog es einen ins Auge des Tigers, nach London und Amsterdam. Aus einem Sprachaufenthalt in Bexhill an Englands Südküste brachte ich die Debut-LP von Van Morrisons erster Formation The Angry Young THEM mit und meine erste Jacke aus ehemaligen amerikanischen Armee-Beständen, mit der sich hier zu Lande so herrlich schockieren liess.

Ich war total euphorisiert und fühlte mich wohl und aufgehoben in diesem neuen Lebensgefühl. Noch waren wir Wenige, aber es verband uns ein sicht- und hörbarer Code, mit dem wir uns von denen, die wir Spiesser nannten, abgrenzen wollten.

Während die Mütter den Weichteilen des neuen Aufbruchs oft wohlwollend gegenüber standen, reagierte die Vätergeneration mit Panik, Unverständnis, und hysterischen Verboten. Man wollte sich nicht von ein paar Wirrköpfen, die möglicherweise eh von irgendwelchen kommunistischen Drahtziehern gesteuert waren, in die blühende Hochkonjunktur spucken lassen. Die bestehenden Werte schienen in Gefahr und die Jugend der gesellschaftlichen Kontrolle zu entgleiten. Freie Liebe, sexuelle Revolution, laute («Neger»-) Musik, lange Haare, «weibische Kleidung»: Es drohte nichts weniger als der Zerfall des Abendlands. Noch herrschte Zucht und Ordnung und der ganze «neumödische» Kram wurde galt als unschweizerisch.

Küssen auf der Strasse wurde als öffentliches Ärgernis eingestuft und als Offizialdelikt geahndet; ebenso das Zusammenleben unverheirateter Paare, Konkubinat genannt. Noch fanden Polizisten im zwinglianischen Zürich Zeit, Haushalte nach zu vielen Zahnbürsten und beidseitig benutzten Betten zu durchstöbern. Dies bescherte Spreitenbach, der ersten Gemeinde ennet der Grenze im Kanton Aargau, wo das Konkubinat bereits erlaubt war, einen gewaltigen wirtschaftlichen Aufschwung. Präservative waren nur gegen ärztliches Rezept in Apotheken erhältlich, dafür wurde der öffentliche Verkehr noch regelmässig von martialischen Militär-Defilés lahmgelegt.

Der Mief war buchstäblich zum Abschneiden und alleine schon die Tatsache, dass nichts sinnlos sein durfte, machte keinen Sinn.

Mein eigener Vater, auch zivil ein Anhänger militärischer Prinzipien, reagierte ebenso hilflos und unwirsch und das Ganze wuchs ihm über den Kopf. Was hatte er falsch gemacht und hatte seine Generation nicht immer unser Bestes gewollt? Ich konnte ihm nicht helfen, im Gegenteil. Bald witterte ich überall Doppelmoral, und die absurden Verbote und endlosen Diskussionen über Äusserlichkeiten radikalisierten mich ebenso wie viele andere. In der Öffentlichkeit wurden wir als «langhaarige Affen» bezeichnet, aus Restaurants gewiesen und der Ruf nach «Moskau einfach!» ertönte immer öfter, noch bevor wir überhaupt wussten, wo Moskau überhaupt lag.

Ich kann mich an eine Zeit erinnern, als die meisten Medien politisch gleichgeschaltet waren. Diese hatten die Aufgabe, sich von den Kanälen des Staates mit Informationen versorgen zu lassen und die Öffentlichkeit entsprechend zu informieren.

Als Gymnasiast war ich einst in der Westschweiz bei einer befreundeten Familie in den Ferien, um meine Französisch-Kenntnisse zu verbessern. Eines Abends, als ich von einem Abstecher nach Lausanne zurückkehrte, herrschte schon am Dorfeingang eine Riesenaufregung und zahlreiche Feuerwehrschläuche führten in eine Gegend, die mir immer bekannter vorkam. Sollte es möglich sein? Tatsächlich fand ich nur noch rauchende Trümmer vor, wo vorher das Haus gestanden hatte. Es war praktisch vollständig abgebrannt und ich wurde für den Rest der Ferien beim benachbarten Lehrer einquartiert.

Auf einem kleinen runden Tisch in dessen Wohnzimmer lagen, vermutlich nicht ganz zufällig, ein paar farbige Magazine, die ich noch nie gesehen hatte. Schon damals las ich lieber Zeitungen und Magazine als Bücher.

Als Kind wartete ich am Morgen jeweils ungeduldig auf das Scheppern des Briefkasten, bis der Pöstler endlich die Zürichsee-Zeitung einwarf und die Wochenend-Besuche bei meiner Grossmutter mütterlicherseits verbrachte ich meist auf deren Dachboden und zwar nicht nur um den, aus meiner Sicht, langweiligen Gesprächen der Erwachsenen zu entkommen. Grossmutter hatte dort unzählige Illustrierten-Jahrgänge gelagert, die ich mir begierig zu Gemüte führte; Der STERN oder die SCHWEIZER ILLUSTRIERTE, die damals noch nicht auf diese blödsinnigen People-Geschichten aus der Welt der Cervelat-Prominenz setzte, sondern voll war mit spannenden Foto-Reportagen wie im berühmten Vorbild, der amerikanischen Illustrierten LIFE. Diese «Heftli» verschlang ich stundenlang und schmuggelte sie danach, mit Wissen meines Vaters aber hinter dem Rücken meiner Mutter, die endlich mit ihrer Vergangenheit abschliessen wollte, in den Kofferraum unseres Autos, um sie nach Hause mitzunehmen.

Die Magazine auf dem kleinen runden Tisch des Lehrers sahen jedoch völlig anders aus. In deren Innern fanden sich Geschichten zum damals aktuellen Vietnam-Krieg, und auf deren Titelseiten hatte es Bilder von abgeschossenen amerikanischen Bombern und riesigen Piloten, die von kleinen nordvietnamesischen Soldatinnen mit Gewehren in Schach gehalten und der Öffentlichkeit vorgeführt wurden.

So etwas hatte ich noch nie gesehen und war in der Neuen Zürcher Zeitung nicht immer ausschliesslich von Erfolgen der amerikanischen Armee die Rede gewesen?

Die Informationen, auf welche sich diese Berichterstattung stützte, waren gezielte Lügen des amerikanischen Geheimdienstes CIA – Staatspropaganda eben, die der Öffentlichkeit als wahre Tatsachen verkauft wurden.

Der Lehrer war Mitglied der Partei der Arbeit (PDA),

einer Nachfolgeorganisation der in der Schweiz verbotenen Kommunistischen Partei. Also, so erklärte mir die Nachbarsfamilie, konnten die Bilder nicht wahr sein, der Mann war schliesslich ein Staatsfeind und dies erst noch als Lehrer. Auch zu Hause erhielt ich die gleiche Antwort. Aber ich hatte die Bilder gesehen, und auch weil sie aus irgendeinem Grund nicht wahr sein durften, wurden sie für mich zu einem Schlüsselerlebnis.

Aber vielleicht steht dieses Wort auch nur für eine Wiederholung von Ereignissen und Erfahrungen, die zu einem (vor-)bestimmten Zeitpunkt insgesamt «klick» machen, und in diesem Moment als Schlüsselereignis wahrgenommen werden?

Aus Sicht meiner Eltern war ich hingegen völlig von der Rolle oder womöglich einfach in schlechte Gesellschaft geraten. Ich besuchte die Schule nur noch unregelmässig und machte die Nacht zum Tag, was schliesslich in einer schweren Lungenentzündung mündete, die ich nur knapp überlebte. Und jetzt wurde die zuvor angedrohte «Verlegung» in ein Internat, die hochalpine Mittelschule Davos, Wirklichkeit, was zufällig auch im Hinblick auf meine Gesundheit notwendig erschien.

Hier war die Welt erst Recht stehen geblieben und wieder fühlte ich mich einsam und unverstanden. Um den strengen Internatsregeln zu entfliehen, unternahmen die pubertierenden Typen heimlich nächtliche Sauftouren und Spritzfahrten mit gestohlenen Autos, was mich überhaupt nicht interessierte.

Zu den wenigen internen Mitschülerinnen im Mädchenhaus war der Zugang strikt untersagt und doch lernte ich hier meine erste grosse Liebe kennen, was alsbald den Unwillen der schulischen Autoritäten erregte. Die strikte

Hausordnung sah ein klar begrenztes Revier vor, in dem man sich ausserhalb des Internats bewegen durfte; alles andere galt als Verstoss, der mit Arrest geahndet wurde. Daran hielten wir uns nicht – wir waren verliebt und wurden immer wieder von Lehrern in der verbotenen Zone aufgegriffen. Die Strafen häuften sich und schliesslich wurden wir mit einem Ultimatum konfrontiert, wonach der eine oder die andere das Internat zu verlassen hätte. Unsere Eltern hatten gar keine Freude, aber da wir heiraten wollten, sollte sie die Schule in Davos beenden und ich, an Stelle eines Studiums, als zukünftiger Ernährer eine kaufmännische Lehre in Zürich beginnen.

Wir waren beide 17, die Liebe überstand die Trennung nicht, und meine eben begonnene Lehre in einer amerikanischen Import/Export-Firma erschien mir jetzt plötzlich sinn- und perspektivlos, obschon ich diese letztlich als gelernter Getreidehändler abschloss.

Was blieb, war der verbotene Duft eines frühen Sommer Morgens und die Erinnerung an das erste Mal.

In letzter Zeit denke ich manchmal, dass der Verlust dieser frühen Liebe zu den unbewältigten Dingen in meinem Leben gehört, auch weil dies meinen zukünftigen Werdegang so nachhaltig beeinflusst hat. Der private Ausweg aus der alten und in eine neue Erwachsenenwelt hatte nicht funktioniert, aber die anfängliche Enttäuschung wurde bald von der Erkenntnis abgelöst, dass auch sonst nichts besser geworden war. Die enttäuschte Liebe wich dem Willen, die Welt zu verändern und damit war ich nicht allein.

In der Zwischenzeit hatte sich das politische Klima in Zürich und anderswo zusehends erhitzt und aus einem farbigen, aber anfänglich harmlosen neuen Lebensgefühl, war plötzlich Protest geworden. In Amerika regte sich zunehmend Widerstand gegen den sinnlosen Vietnam-Krieg, friedliche Hippies wurden zu militanten Yippies, in Holland formierten sich die Provos und die aufmüpfige Jugend ging plötzlich überall in Form von neuen Gruppierungen auf die Strasse, um ihren Anliegen endlich Gehör zu verschaffen. Deren Sprachrohr war unter anderen das internationale Untergrund-Magazin HOTCHA!, welches vom Zürcher Poeten Urban Gwerder herausgegeben wurde.

Die Rolling Stones hatten Zürich heimgesucht und 1968, das Jahr, welches die Welt verändern sollte, stand vor der Tür.

Erst jetzt kamen die linken Studenten, vor denen sich das Establishment so sehr gefürchtet hatte und die ich zum Teil bereits kannte, entscheidend ins Spiel. Der Protest bekam ein politisches Gesicht und eine ausserparlamentarische Opposition (im Volksmund kurz APO genannt) forderte eine grundsätzliche Umwandlung der bestehenden gesellschaftlichen Verhältnisse.

Die bürgerliche Moral, und nicht weniger als Kapitalismus und Imperialismus, Grund und Folge allen Übels, sollte weltweit abgeschafft werden. Der Klassenkampf oder gar eine Revolution würde «das System» und die herrschenden Machtstrukturen beseitigen.

«Die Philosophen haben die Welt nur verschieden interpretiert; es geht aber darum sie zu verändern», hatte Marx gesagt. Jetzt galt es zu handeln, anstatt weiterhin zu jammern – nichts mehr zu verbessern, sondern alles zu verändern. Das sah und vertrat mittlerweile auch ich so.

Und dafür gab es gute Gründe. In Südafrika diente ein übles weisses Apartheidregime vor allem westlichen Wirtschaftsinteressen, und sowohl in Südamerika als auch im Süden Europas, wie in Griechenland, Spanien oder Portugal, installierte «die freie Welt» Oligarchien und Militär-Diktaturen, welche die lokale Bevölkerung im Auftrag multinationaler Konzerne brutal unterdrückten und ausbeuteten. Auch die Schweiz mischte diskret aber fleissig mit, und obwohl dies noch heute nicht gerne gehört wird, basiert der hiesige Reichtum nicht nur auf eigener Schaffenskraft, sondern zu einem nicht kleinen Teil auf Fluchtgeldern, die den Völkern aus dem Süden gestohlen wurden und im Schutz des schweizerischen Bankgeheimnisses auf inländische Konten flossen und teilweise sicher heute noch fliessen.

Der Rest ist Geschichte, auch meine eigene, und ich erinnere mich noch gut an diese laue Vorsommernacht, die als Globus-Krawall die Schweiz so entscheidend aus den Fugen heben sollte. Die Demonstration, mit der wir die Forderung nach einem autonomen Jugendzentrum auf die Strassen Zürichs getragen hatten, endete in einer brutalen Machtdemonstration des Staates, aber der Lauf der Zeit war damit nicht mehr rückgängig zu machen.

Einige Studenten verliessen in der Morgen-Dämmerung danach Zürich fluchtartig Richtung Deutschland; einige sind heute bekannt als neoliberale Sittenwächter, um deren Seelenfrieden ich mir keine Gedanken machen möchte. Gleichzeitig aber wurde in dieser Nacht eine Bewegung geboren, die über die folgenden Jahre dieses Land in der einen oder anderen Form entscheidend prägte und veränderte.

11

Und dann das Fieber.

»Ich lasse sie selber einschenken; der Zug bewegt mich etwas zu viel», sagte der Railbar-Mann. Ich hatte nichts dagegen und musste lachen. Der Typ hatte unfreiwillig Humor – auch ich fühlte mich ziemlich bewegt.

Ich war auf dem Weg nach Genf zum Termin mit einem Grosskunden und ich hatte Fieber. Ich schenkte mir nichts ein, sondern nahm einem Schluck aus der Flasche und schlug den Kragen meines Wintermantels hoch. Es war zwar Mai und warm geworden, aber mich fröstelte andauernd, und im Abteil war zudem die Klimaanlage, wie immer, voll aufgedreht; sozusagen als Kontrast zu gutschweizerischer Kompromissbereitschaft.

Hier gab es keine Halbheiten; der Sommer war sowieso kurz und diesen galt es, schon jetzt voll auszunützen. Einwänden wurde meist so begegnet, als hätte man etwas gegen das mittlerweile pausenlose Freizeit- und Kulturangebot der bevorstehenden Jahreszeit.

Ich hatte mich erst noch gefreut, die Hälfte der Therapie hinter mich gebracht zu haben, umso mehr als ich doch von S. darauf hingewiesen wurde, dass der zweite Teil ihrer Behandlung viel weniger schlimm gewesen sei.

Eines Nachts jedoch, in der ich erst kurz zuvor endlich eingeschlafen war, erwachte ich plötzlich schweissgebadet und mit hohem Fieber. Auf dem Weg zur Toilette torkelte ich durch die Wohnung, meine Beine kippten weg, mir wurde schwindlig und ich verlor das Gleichgewicht. Ich rappelte mich wieder auf und schaffte es wieder ins Bett zurück, aber da war niemand, dem ich mich mitteilen konnte. Meine Frau war auf einer Geschäftsreise in Nepal und mein Sohn schlief tief; ich war mir selbst überlassen und unfähig, etwas zu unternehmen, und soweit ich in meinem Zustand überhaupt noch etwas realisierte, hoffte ich einfach, dass alles irgendwie vorüber geht.

Aber das Fieber hörte nicht auf, nicht am nächsten Tag und nicht in der folgenden Nacht, in der meine Temperatur erneut auf 41 Grad anstieg. Am Morgen danach war ich völlig entkräftet und erst jetzt telefonierte ich endlich meinem Hausarzt, denn ich hatte Angst vor einer Lungenentzündung, die sich vor Jahren schon einmal so angekündigt hatte. Ich bestellte ein Taxi und fand mich alsbald unter weiteren Notfällen, die sich diesen Samstagvormittag wohl ebenfalls anders vorgestellt hatten.

Der Lunge schien nichts zu fehlen und auch dem Blut nichts Zusätzliches. Mein Hausarzt verschrieb mir Antibiotika, mahnte, bei so hohem Fieber nie mehr so lange zu warten und verwies mich an einen Kardiologen, um eine mögliche Schädigung der Herzklappe auszuschliessen.

In den folgenden Tagen verschwand das Fieber, aber nachdem ich die Antibiotika wieder abgesetzt hatte, wurde ich weiterhin von andauernd erhöhter Temperatur geplagt und daran sollte sich nun über Wochen nichts mehr ändern. Die Ärzte vermuteten eine Virus-Infektion, die aber auch nach mehreren Abklärungen nicht näher bestimmt werden konnte. Eine ständige Einnahme von Antibiotika war undenkbar, so dass ich damit klar kommen musste, diesen Zustand so lange zu ertragen, bis die Infektion wieder verschwinden sollte.

Aber langsam bemächtigte sich die andauernde Therapie meiner Substanz. Meine Abwehrkräfte hatten sich stark vermindert und ich fühlte mich immer schwächer. Oder, um es auch einmal etwas militärisch auszudrücken, die Einschläge kamen näher! Mittlerweile hatte ich 12 Kilo abgenommen.

Meine Frau hatte für die Zeit ihrer Geschäftsreise nach Nepal hier alles perfekt für uns organisiert, aber dieses Mal fühlte ich mich völlig überfordert. Trotzdem wollte ich auch ohne sie daran festhalten, Pfingsten, wie jedes Jahr, mit Freunden in St. Margherita an der ligurischen Küste zu verbringen. Ich traute mir zu, mit meinem Sohn alleine zu fahren, aber einige Tage vor der Abreise musste ich mir eingestehen, dass dies nicht zu verantworten war. Ich wurde panisch.

Die kommenden Tage mussten sofort neu aufgegleist werden und ich hatte immer noch Fieber. Mein Freund Wäle und die Gotte meines Sohnes halfen mir schliesslich aus der Patsche. Mit ihr verbrachte er einen Tag in der legendären Kletterwand von Schlieren und Wäle kam gar nach Luzern, um ihn für einen Tag zu Riesenrad und Zuckerwatte an die LUGA zu entführen. Ich war beiden dankbar, mich wieder ein wenig erholen zu können, und liess das Fieber einfach Fieber sein. Für die Festtage über Pfingsten sprangen die Tageseltern meines Sohnes ein. Ich war gerettet.

«Vous êtes les seules qui n'ont jamais verifiés les conditions depuis le début», empfing mich Monsieur Réaut, der Chef-Einkäufer der Ladenkette FNAC an deren Geschäftssitz in einem gesichtslosen Vorort von Genf. Damit meinte er unsere Abgabepreise an den Handel, aber seine Aussage war falsch und wir wussten es beide. Für Réaut ging es vielmehr darum, sich erstmal, mit ein wenig gezielter Artillerie, eine gute Ausgangslage für das Gespräch zu verschaffen. Er hatte seinen Auftrag und ich hatte meinen, und zum Ritual der Verhandlungen gehörten die handelsüblichen und eigentlich völlig lächerlichen Männerspiele, die meist leicht zu durchschauen sind, vorausgesetzt, es gelingt einem, sich in den Kopf des Gegenübers zu versetzen, um dessen Hidden Agenda zu verstehen. Dabei sollte jeglicher mögliche Gesichtsverlust vermieden werden, denn im Normalfall verlangt der Gockel im Mann nach der Bestätigung, dass er, einzigartig, mit verdeckten oder gezinkten Karten scheinbar mehr erreicht als mit Direktheit und Offenheit.

Persönlich macht mir zwar der direkte, sozusagen archaische Wettbewerb unter Männern im Spiel mehr Spass als die leicht sublimierten Gepflogenheiten im Geschäftsleben, aber auch ich habe darin mit der Zeit einen durchaus sportlichen Ehrgeiz entwickelt, und schliesslich war ich schon als blutjunger Getreidehändler ziemlich erfolgreich gewesen.

Zur Realsatire verkamen jeweils die, in der Branche berühmt-berüchtigten, Jahresgespräche mit den Chefs unseres grössten Kunden, dem Media Markt. Zur Besprechung des «Partnerschaftsvertrags» wurde man jeweils vielmehr vor- als eingeladen und, vorerst freundlich, zu Kaffee, Kuchen und Small Talk empfangen. Dabei sass man allein in einem öden Agglomerations-Büro drei Herren mit unausgesprochener, aber klarer Rollenverteilung, The Good, The Bad and The Slimy, gegenüber.

Dieses System war von der Media Markt-Zentrale in

Deutschland vorgegeben und wurde im ganzem Einzugsgebiet, inklusive Österreich und der Schweiz, mit geschulten Figuren bis ins Detail genau gleich praktiziert. Und obwohl die Meetings abliefen, als ginge es um den Inhalt der Produkte, galt deren Resultat selbstverständlich nur einem tieferen Preis und einer höheren Marge zur Gewinnmaximierung; Gespräche in Bar Codes, die mit Musik längst nichts mehr zu tun hatten.

Media Markt führt in seinen Filialen Tonträger sowieso nur als Lockvögel zum Kauf all dieser elektronischen Apparätchen, die der Mensch nicht braucht. Die Märkte wurden jeweils in Rekordzeit in der Nähe einer Autobahnausfahrt aus dem Boden gestampft, wo dann die Konsumenten aus der Region ein Mal in der Woche mit Familie und Auto vorfahren, um nebst elektronischem Gerät, fünf Kilo unbespielte bzw. Billig-CDs, zehn Meter Schokolade und je zwanzig Liter Alkoholika und Orangensaft aus Thailand einkaufen.

Zu den Baubewilligungen der Märkte kursieren mehr Gerüchte als amtliches Papier. Dies gilt auch für den zahlenmässigen Erfolg der Branchenriesen, und an dessen Arbeitsbedingungen lohnt es sich schon gar nicht, irgendwelche überflüssigen Gedanken zu verschwenden.

Tatsache ist, dass im deutschsprachigen Raum in Zukunft kein Tonträger-Vertrieb an Media Markt oder anderen Grosshändlern vorbeikommt. Sie alle müssen sich deren Geschäftsbedingungen diktieren lassen, ruinieren dadurch den Fachhandel und letztlich sich selbst.

Das war nicht nur mir, sondern auch den drei Herren bewusst, als diese, den Small Talk brüsk beendend, die Kaffeetassen zur Seite schoben und den mehr oder weniger fixfertigen «Partnerschaftsvertrag» auf den Tisch legten. Auch dieses Ritual war Teil eines ausgeklügelten

Szenarios, das nun folgen sollte: Zur anfänglichen Überraschung wurden zuerst der bestehende Basispreis gelobt und ausdrücklich bestätigt und dann die weiteren Vertragspunkte routinemässig bis auf Seite 3 durchgerattert. Dort waren klein gedruckt in mehreren, sich zum Teil überschneidenden, Rabatten die letztlich beabsichtigten Preisreduktionen für Media Markt versteckt. Zu guter Letzt sprangen zwei der drei Herren auf, und versuchten mir je einen Stift in die Hand zu drücken, um den Vertrag, der jetzt unmittelbar vor mich zu liegen gekommen war, sofort zu unterschreiben.

Dies habe ich in all den Jahren nie getan, obschon dies von den drei Herren mit finsterer Miene immer wieder als «aussergewöhnlich» kommentiert wurde. Solches traf selbstverständlich nicht zu; Verträge sind dazu da, in aller Ruhe studiert zu werden, bevor man sie mit seiner Unterschrift besiegelt und von befreundeten Konkurrenten wusste ich, dass die Herren mit ihnen genau so verfuhren, um uns gegen einander auszuspielen.

Auch mit den Werbekostenzuschüssen, salopp WKZ genannt, versuchte der Media Markt immer wieder, die Preise zusätzlich zu drücken. Dabei handelte es sich um einen Betrag, für den meist weder Werbung geschaltet, noch eine andere Gegenleistung erbracht wurde. Im Gegenteil; bei der Neueröffnung einer Filiale im Kanton Tessin wurde ich einst gar dreist darauf hingewiesen, dass ich damit einen wichtigen Beitrag zur Ankurbelung der regionalen Volkswirtschaft leisten würde. Tatsächlich aber finanzierte Media Markt mit den WKZ die Infrastruktur seiner Filialen. Wer nicht spurte, wurde intern auf eine schwarze Liste gesetzt und immer wieder mit einem Bestellungs-Boykott abgestraft.

FNAC Suisse hingegen hatte sowohl ein gepflegtes Image, als auch ein qualitativ hochstehendes Sortiment. Das Unternehmen war aus Frankreich in die Schweiz gekommen und in meiner Beziehung zu Chef-Einkäufer Réaut funktionierte das klassische Duell mit offenem Visier ebenso, wie der gegenseitige Überfall aus dem Hinterhalt. Die Geschäftsbeziehungen verliefen für beide Seiten sehr erspriesslich, und FNAC gehörte mittlerweile zu unseren wichtigsten Grosskunden.

Durch die Krankheit war ich jedoch jetzt für Verhandlungen nicht mehr optimal sortiert und die Immuntherapie war dabei zu einem Handicap geworden. Abgesehen vom andauernden Fieber begann mein Selbstwertgefühl langsam zu bröckeln; der anstehende Termin war jedoch wichtig und unausweichlich. Sollte ich in diesem Fall meinen Zustand verschweigen oder im Gegenteil ausdrücklich erwähnen? Damit würde die Krankheit indirekt zur Manövriermasse in der Verhandlung, womit ich in den letzten Monaten bereits einige Erfahrungen gesammelt hatte.

Schon bei der telefonischen Vereinbarung des Termins entschied ich mich für die zweite Variante. Réaut hatte einen Bekannten mit Hepatitis C, über den er mit mir sogleich zu sprechen begann.

Ich weiss, zu was ich im Gespräch fähig bin; ich kann sehr überzeugend, motivierend und entwaffnend auftreten, und mit meiner Offenheit und Direktheit auch verfahrenen Situationen eine entscheidende Wendung geben. Wenn ich ein Problem erkannt habe, interessiert mich dessen Lösung in der Regel mehr, als darauf zu beharren.

Handeln bedeutet für mich Befreiung aus der Umklammerung des Jammerns, welches mir meist unerträglich ist, während andere Menschen daraus eine reinigende Kraft schöpfen. Es macht mir Spass, mit Witz und Ironie den Absurditäten des Alltags zu begegnen und ich bin verliebt in die Sprache, die es mir selten verschlägt und hinter der ich mich oft auch verstecke.

Angekommen in Genf, schob Réaut seiner ersten geschäftlichen Attacke ein mildes persönliches «wie geht es Ihnen?», nach; das Eis war gebrochen und das Spiel konnte beginnen. «C'est dur, mais ça va», antwortete ich; «man hat zwar weniger Energie, aber man lernt diese besser zu nutzen», doppelte ich nach, «man wird härter und entschlossener.» Diese Aussagen brachten ihn in Schwung und er nahm die Herausforderung sogleich an. Ich weiss nicht, wie das Gespräch sonst verlaufen wäre, und es endete so, wie es vorauszusehen war.

Angesagt war ein Kampf um Margen und dieser war härter geworden, seitdem der traditionelle Tonträgermarkt unter Druck geraten war. Neue Formate und Technologien hatten begonnen, die physischen Tonträger zu verdrängen, Up- und Downloads aus dem Internet, sowie das Kopieren von Musik auf unbespielte Silberlinge machten der Musikindustrie, welche diese Entwicklung zu lange bekämpft, anstatt sofort genutzt hatte, zunehmend zu schaffen.

«Wenn dein Kind in der Migros klaut, wird es gerügt; wenn es jedoch eine CD brennt, spart es Geld und wird dafür gelobt», meinte dazu der damalige Warner-CEO an der jährlichen Versammlung von IFPI Schweiz, dem Interessensvertreter der hiesigen Tonträgerproduzenten.

Das tönte zwar gut und erntete spontanen Applaus, entbehrte aber jeglicher rechtlichen Grundlage. Trotzdem lancierte die IFPI weltweit einen letztlich aussichtslosen Kreuzzug gegen die vermeintliche Piraterie.

Im Gegenteil: Das angestrebte Unrechtsbewusstsein wollte sich nicht einstelllen und solange keiner, den man kannte, deswegen hinter Gittern verschwand, oder jemand mit durchgeladenem Maschinengewehr plötzlich neben dem eigenen Computer auftauchte, schien die Bedrohung auch nicht besonders gross zu sein.

Zu lange waren die Preise für CDs und andere physische Tonträger zudem künstlich hochgehalten worden; jetzt profitierten die Kunden und das angeblich verbotene Tun war zu einem Volkssport geworden, wofür die Anonymität des Internets ideale Voraussetzungen bot.

Erst viele Jahre später wurde das schweizerische Urheberrecht der neuen Realität angepasst und, auch was das Internet betrifft, einigermassen vernünftig revidiert.

Das Brennen von Kopien, sowie das Herunterladen von Musik oder Filmen zum Privatgebrauch, ist heute ausdrücklich erlaubt und auf leeren CDs oder DVDs muss der Käufer zur Entschädigung der Künstler jetzt eine Abgabe bezahlen Wer jedoch ohne Bewilligung Musik oder Filme gratis ins Netz stellt, macht sich weiterhin strafbar.

Wenn ich irgendwo eingeladen bin, habe ich es mir zur Gewohnheit gemacht, die Tonträgersammlung der Gastgeber zu sichten. Ich bilde mir ein, dadurch genau zu erfahren, mit wem ich es zu tun haben.

Dies wird sich auch in Zukunft nicht ändern, aber spätestens seitdem ich auch in meinem engsten Bekanntenkreis an Stelle von CDs mit schön gestaltetem Cover und ausführlichen Booklets fast nur noch selbst Gebranntes mit dürren Angaben entdeckte, wusste ich: Die herkömmlichen Plattenfirmen werden untergehen. Da gab es nichts mehr zu bekämpfen oder auszusitzen. Es war vorbei.

Auf der Rückfahrt zum Bahnhof sass unser Westschweizer Vertreter, in sich zusammen gesunken, neben mir im Taxi. Während des Gesprächs mit Rèaut hatte er die ganze Zeit geschwiegen; er, der während Jahren zu unseren Aushängeschildern gezählt und immer sehr gute Umsätze generiert hatte, wirkte abgekämpft und ausgebrannt. Ich hätte ihn ohrfeigen oder wenigstens schütteln wollen, aber mir fehlte die Kraft und ich konnte ihn verstehen.

Am Bahnhof wartete ich auf meinen Zug nach Luzern. Wie das Fieber durch meinen Körper, fegte eine böse Bise durch den Tag, und mich fröstelte nicht nur deswegen andauernd. Die Menschen gaben sich mobil, aber sie sahen nicht gut aus.

Später, auf der Rückreise, stieg eine asiatische Grossfamilie meinem Abteil zu und suchte verzweifelt nach einer gemeinsamen Sitzgelegenheit. Vom Flughafen, aus Indien oder Sri Lanka, vermutete ich, denn es wurde viel Gepäck mitgeführt, welches auf eine lange Reise schliessen liess. Die Gruppe wirkte orientierungslos und übermüdet und der Vater versuchte in mehreren Anläufen, mitleidig betrachtet von den übrigen Reisenden, die Gepäckstücke unterzubringen. Besonders der Kinderwagen erregte während längerer Zeit viel Aufsehen, da er offensichtlich nicht SBB-kompatibel war, was alle eigentlich von Anfang an vermutet hatten. Weder im Gepäcknetz noch unter den Sitzen war dieser zu verstauen, und als der Mann verschwitzt und entnervt resignierte und schliesslich das Möbel einfach neben sich im Gang platzierte, fragte sich wohl manch einheimischer Zuggast, wie lange es dauern würde, bis das fremde Gepäckstück vom bald eintreffenden Gefährt der Speisewagengesellschaft gerammt und von deren Angestellten unwirsch weggewiesen würde. Auch dies hatte man doch schon immer vorausgesehen …

Aus den Sitzen nebenan kommentierte ein braun gebrannter Rentner mit edlem Strohhut gönnerhaft das Schauspiel. Unablässig erteilte er der Familie Anweisungen, was seiner Frau sichtlich peinlich war. «Cannes» stand in goldenen Buchstaben auf ihrem weissen T-Shirt, und sie schielte zunehmend nach einer Alternative in Richtung erster Klasse.

Mir gegenüber hatte die junge Mutter Platz gefunden. Auf ihrem Schoss krabbelte ein kleines Mädchen, welches nach Schlaf rang. Die Frau versuchte mit einem Arm dem Kind die Jacke abzustreifen und es im anderen so zu halten, dass es nicht aufwachte. Ihr Blick suchte nach Hilfe und gleichzeitig schien sie zu hoffen, diese nicht nötig zu haben.

Ständig fragte ich mich, warum ich ihr nicht half, aber ich war, vergraben in meinem Wintermantel, unfähig zu handeln und nur noch Betrachter eines miesen Films, in dem ich selber sass.

Die Optik bestimmt die Wahrnehmung, daran gibt es nichts zu rütteln, und aus meiner Sicht am Fenster eines Doppelstock-Waggons der SBB nehme ich an jedem Wochentag einmal das gleiche Schauspiel wahr. Nach der Hälfte meiner Rückfahrt von Zürich nach Luzern, pünktlich um 18.28, fährt der InterRegio im Bahnhof Zug ein und spuckt auf Knopfdruck eine riesige Menschentraube aus seinem Innern auf den Perron.

Zug ist einer der wichtigsten Finanzplätze in der Schweiz, und auf zwei Quadratkilometern werden hier täglich in aller Diskretion Steuern optimiert, Gelder gewaschen und Offshore-Gesellschaften gegründet.

Unter meinem Fenster strömt derweil die Menge vorbei, und in deren Anonymität sind nicht selten prominente und anständig gewandete Herren aus Politik und Wirtschaft auszumachen, welche in dieser beschaulichen Stadt noch einem wichtigen Termin entgegen sehen.

Meist aber handelt es sich um Pendler, die abgekämpft und mit starr nach vorne gerichtetem Blick, Richtung Feierabend hetzen. Aus meiner Optik wirkt das Ganze wie Fernsehen ohne Ton und ich versuche in einzelnen Gesichtern auszumachen, was es wohl an diesem Abend noch zu feiern gibt. Ab und zu begrüsst sich ein Liebespaar überschwänglich, aber ansonsten scheinen sich nur Wenige auf etwas zu freuen. Was ich sehe, war *Keine Zeit* – der moderne Mensch, gezeichnet von totaler Flexibilität und Verfügbarkeit.

Alle funktionieren irgendwie und alles funktioniert immer schneller. Aber wofür eigentlich?

Ich denke, die Herren wissen Bescheid …

12

«Bei uns hat es keinen Terrorismus gegeben», hörte ich einst unseren jüngsten Verwaltungsrat, dem deutschen Hauptaktionär von RecRec zuprosten.

Dazu ist in letzter Zeit viel geschrieben worden, und noch mehr gibt es wohl, nach wie vor, dazu zu schweigen. Den ersten Weg hat einer meiner alten Bekannten gewählt, der sich kürzlich in einem Buch zum 1975 verübten Brandanschlag auf das Chalet des deutschen Grossverlegers Axel Springer bei Gstaad bekannte. «Man kann nicht mit einer Leiche im Keller weiterschreiben», begründete der Schriftsteller sein spätes Geständnis.

Kann man sicher schon, das wird andauernd gemacht, und es gibt bestimmt auch verschiedene Arten der Beichte, die zu Seelenfrieden führen. Was aber ist eine Leiche im Keller, der nicht ausschliesslich juristisch beizukommen ist? Das Geständnis oder das Schweigen? Die Phantasie oder die Tat? Das gelebte oder das ungelebte Leben?

Über die Form des heutigen Terrorismus scheint Konsens zu herrschen; dieser gilt, meist zu Recht, als menschenverachtend und unrechtmässig. Über dessen Ursachen besteht jedoch weniger Einigkeit und der Begriff selbst galt längst nicht immer als derart unumstritten. Man muss als Beispiel gewaltsamen Widerstands gegen Obrigkeit und Staatsterror keineswegs immer nur Wilhelm Tell bemühen; auch der Gründung vieler Nationen lag ursprünglich gewaltsamer Widerstand zu Grunde, und weder die damalige Eidgenossenschaft noch das heutige Israel sind anders entstanden.

Gegenwärtig findet, vor allem im deutschen Feuilleton, eine unappetitliche Abrechnung mit der Geschichte der RAF (Rote Armee-Fraktion) statt. «Der Terrorismus der RAF war eine attraktive Lebensform», meint der Financier und Schriftsteller Jan Philipp Reemtsma, mit der es «um wenig mehr als um Luxus und Gewalt» gegangen sei, wie die Publizistin Karin Wieland nachdoppelt.

Schon viel früher hatte der Schriftsteller Heinrich Böll das viel beachtete Zitat vom Krieg der «6 gegen 60 Millionen» geprägt, was ich noch immer für einen eben so grossen Schwachsinn halte wie die Theorie, bei der RAF, oft auch «Baader-Meinhof-Bande» genannt, hätte es sich um einen Ableger des Staatsschutzes gehandelt. Ich denke, damit soll die gescheiterte westdeutsche Stadtguerilla der Nachkriegszeit letztlich enthistorisiert werden, um eine gründliche Aufarbeitung einer unbewältigten Vergangenheit einmal mehr zu verunmöglichen.

Ich weiss, aus heutiger Sicht ist vieles aus dieser Zeit so wenig nachvollziehbar wie die Geschichten der Aktivdienstgeneration für jene, die den 2. Weltkrieg nicht selbst miterlebt haben.

Tatsache ist, dass Ende der 60er-Jahre anfänglich Hunderttausende in ganz Europa überzeugt waren, dass der Kapitalismus die Menschheit ins Verderben stürze und deshalb notfalls auch gewaltsam abgeschafft werden sollte.

Dem zu Grunde lag das unbändige Lebensgefühl meiner

Generation, die davon beseelt war, kompromisslos mit den Lebenslügen der Eltern-Generation aufzuräumen.

Ich denke, das ist uns gelungen, aber auch wir werden mit unseren Lebenslügen konfrontiert werden, von uns selbst oder von der nächsten Generation, sicher aber von der Geschichte.

Vor mir liegt, «nur für dienstlichen Gebrauch», eine Kopie von Exemplar Nr. 827 c «Demonstrationen, Unruhen und polizeiliches Verhalten» vom Inspektorat der Stadtpolizei Zürich. Datiert ist das interne Pamphlet, welches uns einst zugespielt wurde, aus dem November 1968. Darin werden «Erfahrungen und Lehren im In- und Ausland» aus der überraschenden politischen Eruption des vorangegangenen Jahres zu Händen des Polizeikorps aufbereitet.

Das Establishment hatte zähneknirschend beschlossen, die Hintergründe von irgendwelchen Pseudo-Soziologen analysieren zu lassen, um die Lage grenzüberschreitend wieder in den Griff zu bekommen. In Frankreich hatte das Bündnis von Arbeitern und Studenten die Regierung de Gaulle im Mai 68 beinahe weggefegt, was letztlich nur durch den Verrat der Kommunistischen Partei verhindert wurde, und der darauf folgende «heisse Sommer» gab in ganz Europa zu ähnlichen Befürchtungen Anlass.

Unter Art. II.4. des geheimen Papiers wurde u.a. sich und dem einfachen Polizisten die Entstehung und Charakteristik der Unruhen (Krawalle) erklärt: «Eines der grundlegenden Gebote der Unterdrückung von Krawallen ist die Identifizierung der Mob-Führerschaft und die Einleitung von Massnahmen zu ihrer Unschädlichmachung.»

Genau dies sollte sich als schwierig erweisen, da der anfänglich antiautoritäre Charakter der aufmüpfigen Bewegungen hierarchische Strukturen ablehnte, obwohl es wie anderswo, selbstverständlich trotzdem Leader gab. Die Hahnenkämpfe um die richtige politische Linie an den nächtelangen Veranstaltungen und Sitzungen der Fortschrittlichen Studentenschaft Zürich (FSZ) waren mir bald einmal zu abgehoben; was mich vor allem umtrieb war jetzt die «Revolutionierung des Alltags», und so sahen es sicher auch jene Frauen, welche in Form der FBB bereits eine Frauenbefreiungsbewegung gegründet hatten.

Mich faszinierten das libertäre Gedankengut und später die Situationisten; aber auch die Schriftsteller der Beat Generation, die in unverblümter Sprache berichteten und anklagten, was sie in den Abgründen des amerikanischen Traums erlebt hatten.

»We Want The World And We Want It Now!», der legendäre Aufschrei des DOORS-Sängers Jim Morrison, war ebenso zu meiner Parole geworden wie «wir sind die, vor denen uns unsere Eltern gewarnt haben.»

Ich zog von zu Hause aus und mietete eine Mansarde in Zürichs Altstadt, neben der alsbald auch mein Freund Beat aus Küsnacht zu wohnen kam. Dies blieb auch Herrn Richter, meinem Lehrmeister, nicht verborgen, der mich nun wegen meines wilden Lebens, das ihn insgeheim faszinierte, immer öfter zu provozieren begann. Aber obschon man mir die kurzen Nächte bald ansah, war er durchaus von meiner Arbeit als kaufmännischer Lehrling begeistert, denn in seiner Abwesenheit hatte ich mehr als einmal riskante Geschäfte erfolgreich und auf eigene Faust abgewickelt. Mein Verhandlungsgeschick und meine Risikobereitschaft imponierten ihm, und er wollte mich, nach Abschluss der Lehre, weiterhin als Angestellten beschäftigen, wenn da nicht noch ein paar Kleinigkeiten zu regeln gewesen wären …

Nachdem Richter eines Morgens, wieder einmal ziemlich verspätet, erschienen war, machte er wie üblich, zuerst die Sekretärinnen an, um mich darauf in sein Büro zu zitieren. Meinem bevorstehenden Gang an die Getreidebörse standen, nach seiner Meinung, nicht nur meine langen Haare im Wege; im Hinblick auf meine Karriere hatte er sich noch weiter gehende Gedanken gemacht. «Eines Tages hast du doch genug von diesen Hippy-Griiten, und dann willst du doch eine richtige Frau und ein grosses Haus mit einem Swimming-Pool», erläuterte er mir seine Weltsicht, während er die Beine anhob und genüsslich gegen den protzigen Mahagoni-Pult spreizte.

Aber dafür war ich nicht mehr empfänglich, denn ich hatte mich längst für etwas anderes entschieden. «Sex & Drugs & Rock'n'Roll» waren ebenso angesagt wie alles weitere, was ich unter authentischem Leben verstand. Wir gründeten Kommunen und sie sagte: «Schreib nie über mich und schreib nie über Sex. Jedes Sexheft ist echter und bietet mehr als alles, was so hilflos als erotische Literatur daherkommt.» Also kein «Ihr Atem ging immer schneller, bis sie wie ein Vulkan explodierte», aber doch dies: Jener Sonntag-Nachmittag an der Froschaugasse zu 3. im Bett war wunderschön. Es ging nicht und es ging doch – so herrlich verklemmt und so herrlich befreit.

«Alles Private ist politisch», lautete die Devise und damit war auch alles Politische privat geworden. «Du sprichst nie über dich», sagt meine Frau heute, obwohl ich das Gefühl habe, andauernd über mich zu reden. Aber wahrscheinlich hat sie Recht: Noch heute springe ich schon im zweiten Satz von meiner persönlichen Befindlichkeit zu einem äusseren Zusammenhang, wenn ich über mich spreche. Nach all den Jahren hat das Politische das Private überlagert, das Äussere ist zum Innersten geworden.

Wir trampten durch Europa zu den ersten Pop-Festivals und einige zogen weiter nach Afghanistan, Indien oder Nepal; es gab viel zu erleben, das Leben machte Spass und das Leben war ein einziger Rausch. Es war die Zeit der ersten Mondlandung und des schwarzen Box-Champions Muhammad Ali, der auch der amerikanischen Regierung erfolgreich die Stirn bot und einen Einsatz in Vietnam verweigerte. Die Zukunft schien grenzenlos.

In Zürich hatten sich die ersten Studenten jedoch bereits von einer revolutionären Perspektive verabschiedet und im Verborgenen längst an einer bürgerlichen Karriere zu basteln begonnen; andere wieder hatten sich schon auf den langen Marsch durch die politischen Institutionen aufgemacht. Mit der neuen Jugendbewegung wollten die meisten nichts mehr zu tun haben.

1971 hatte sich die Autonome Republik Bunker (ARB) auf der Strasse endlich ein autonomes Jugendzentrum erkämpft und dieser «rechtsfreie Raum» war bald gefürchteter Inbegriff gelebter Subkultur und Ausgangspunkt von kompromissloser Militanz und direkter Aktion. Nach anfänglicher Skepsis interessierte ich mich für die ARB, die unterdessen schon wieder heimatlos geworden war.

Die Behörden hatten das Experiment als gescheitert erklärt und den «Bunker» wieder geschlossen. Ich, meinerseits, bewohnte jetzt an der Zürcher Venedigstrasse mit etwa 100 Leuten 6 alte Villen, die demnächst abgerissen werden sollten, um einem Einkaufszentrum zu weichen. Der parlamentarische Widerstand hatte nichts gefruchtet, die Bewohner hatten teilweise resigniert, während ich in den Militanten der ARB Bündnispartner sah, um mit einer Hausbesetzung den Abbruch zu verhindern. Diese Idee hatte ich aus Amsterdam mitgebracht, wo es der Bewegung der Kabouter gelungen war, mit solchen Aktionen ein ganzes Quartier zu mobilisieren. Auch aus Deutschland und Italien gelangten erste Informationen zu Gruppierungen, die sich teilweise erfolgreich gegen die grassierende Immobilien-Spekulation und für die Erhaltung von erschwinglichem Wohnraum in den Metropolen zu wehren begonnen hatten.

Der Abbruch konnte zwar nicht verhindert werden und die Häuser wurden, wie oft in den folgenden Jahren, im Morgengrauen geräumt, aber die erste Hausbesetzung in der Schweiz wurde zum Fanal für eine neue Mieter- und Quartierbewegung.

Für mich selbst hatte ich meine unbedingte Leidenschaft für die unmittelbare Behausung und den jeweiligen *genius loci*, aber auch für den Erhalt von gewachsenem Lebensraum entdeckt, welche mich fortan nie mehr losgelassen hat und mir später den Spitznamen «Dieter, der Mieter» eintragen sollte.

In den folgenden Jahren entwickelte sich mein Leben zu einem einzigen Ausnahmezustand. Das soziale Abenteuer hatte mich definitiv gepackt, ich war nicht mehr zu stoppen in meinem Willen, die Welt zu verändern und ich hatte vor allem nicht gelernt aufzugeben. Und dazu bestand im Gegenteil auch überhaupt kein Anlass. Es gab viel zu tun.

So auch im Protest gegen die faschistische Diktatur General Francos, der in Spanien bis 1974 Todesurteile mit der Garrotte vollstrecken liess. Die Garrotte ist ein Hinrichtungsinstrument, mit der dem Opfer von hinten eine Metallschraube ins Genick getrieben wird, bis dieses qualvoll verendet.

Hätte ich mir dies am Fernsehen anschauen, dorthin in die Ferien fahren, oder spanische Produkte nicht boykottieren sollen? Gab es überhaupt einen Grund, nicht gegen all die Regimes zu protestieren, die ihre politischen Gegner folterten und ermordeten, und die sich letztlich nur dank westlicher Unterstützung so lange an der Macht hielten?

Der Protest gehörte auf die Strasse und die Strasse gehörte uns. Oft täglichen Demonstrationen folgten andauernde Mieterkämpfe, der Kampf um Freiräume und gegen AKWs, Rassismus und Überwachungs-Staat und mit *kopfstandpunkt* veröffentlichte ich gleichzeitig meine ersten Gedichte.

Ich verstand mich als Berufsrevolutionär fernab jeglicher Parteizugehörigkeit und sammelte Verhaftungen und Strafverfahren wie Trophäen. Zudem konnte man damals noch mit wenig Geld gut leben, und so verdiente ich meinen Lebensunterhalt bei Bedarf als Eisenleger, Bleigiesser, Chauffeur, Nachtportier und in anderen Brotjobs.

«Der Kapitalismus ist morsch – günstige Gelegenheit zum Zuschlagen», war eine unserer weiteren Kampf-Parolen, aber das Imperium wankte nur, begann sich langsam wieder zu erholen und seinerseits zurückzuschlagen. Die Justiz sah mich als «Rädelsführer», was für mich zahlreiche Straf-Prozesse wegen «Landsfriedensbruch», «Zusammenrottung», «Gewalt und Drohung gegen Beamte», und «Gefangenenbefreiung» zur Folge hatte, wofür ich, alles in allem, zu mehreren Monaten Gefängnis verurteilt wurde.

Da einige von uns wegen dieser Strafverfahren auch in den Medien ständig präsent waren, gründeten wir ein Putzinstitut, mit dem wir unter falschen Namen auftreten konnten und, gegen gutes Geld, Neubauten, Villen von Industriekapitänen, Altersheime oder Toiletten von Arbeitern in einer chemischen Fabrik reinigten.

Auch das musste wohl sein, aber seit meiner damaligen

Identität als «Herr Allenmoos» putze ich auch als Hausmann nicht mehr so wahnsinnig gern.

Zudem diente das Unternehmen als Milchkuh zur Finanzierung unserer politischen Aktivitäten, was leider nicht immer säuberlich von der Reinigung des Alltäglichen zu trennen war.

Mit Rolf Thut putzte ich einmal wöchentlich unerkannt das Haus meines ehemaligen Biologie-Lehrers in Küsnacht. Eine angenehme Arbeit, an der es nichts auszusetzen gab, bis wir eines Tages von der Polizei unsanft daran gehindert wurden.

Praktisch in Sichtweite unseres Auftragsgebers, meinem ehemaligen Biologie-Lehrer, wurden wir auf offener Strasse verhaftet, trotz heftigem Protest mitgenommen und im nahen Polizeiposten am Ort meiner Jugend inhaftiert.

Einige Tage zuvor war in Deutschland der Politiker Peter Lorenz entführt worden und Rolf Thut trug ein paar interessante Dokumente auf sich, die nicht für die Polizei bestimmt waren. Aber darum ging es nicht. Nach einiger Zeit wurden wir getrennt einigen Personen gegenübergestellt, die ich zuvor noch nie gesehen hatte. Darunter befand sich auch eine Frau, die mir freundlich zuzwinkerte. Sie war mir sympathisch, aber ich hatte sie trotzdem noch nie gesehen.

Später erfuhren wir, dass an diesem Morgen in Zürich-Witikon eine Bank überfallen worden war. Es wurde keine Anklage gegen uns erhoben.

Eines Tages erwachte ich übel verkatert, aber voller Gewissheit. Die Party war vorbei, die Liebe auch und was davon übrig geblieben war, stand wie ein einziger Vorwurf verdorrt in einer Ecke meines Zimmers. Meine Lieblings-Pflanze hatte das Leben aufgegeben und in mir wiederholte sich unablässig der immer gleiche Satz: «Ich komme nicht mehr zurück!.»

Und dann folgten die bleiernen Jahre.

Die Repression hatte ihre Spuren hinterlassen und das Volk, auf das wir uns andauernd beriefen, schien auf keine Art Revolution gewartet zu haben. Auch die Sozialdemokraten und die Gewerkschaften begannen sich nun, wie vorausgesehen, von uns zu distanzieren. Einer unserer Hauptkontrahenten war der damalige Bezirksanwalt Bertschi, genannt «die Spitzmaus.» Der Sozialdemokrat empfahl sich durch hartnäckige strafrechtliche Verfolgung aller «Linksextremen», wurde später Staatsanwalt und segelt heute mit seiner Jacht in ruhigeren Gewässern dem verdienten Lebensabend entgegen.

Andauernde Hausdurchsuchungen, Überwachung und Verurteilungen begannen uns einzuschränken, und zunehmenden Fraktionskämpfe trugen das ihre dazu bei, die Bewegung Schritt für Schritt lahm zu legen.

«Der revolutionäre Kampf der Bauern und Arbeiter wird siegreich sein», beschied mir einst ein Mitglied der maoistischen KPS-ML, die sich im Mieterverein Überlandstrasse durchaus verdienstvoll gegen die Verschandelung von Zürich-Schwamendingen engagierte.

Die Erfolge der chinesischen Revolution waren mir durchaus bekannt, aber danach hatte ich nicht gefragt, und so überraschte mich auch die offensichtliche Absenz der Bauern im Kampf der Quartierbevölkerung nicht. «Und was ist Deine persönliche Meinung», präzisierte ich deshalb mein Interesse nach den Erfolgsaussichten des hartnäckigen Widerstands gegen die geplante Autobahnzufahrt. Die Antwort blieb die gleiche.

Ich bin nie vor (meinen) Abgründen zurückgeschreckt, im Gegenteil. Aber die Angst vor dem schwarzen Loch, dem dunkeln Nichts, hat mich vor vielem bewahrt. Und in diese Periode fallen auch meine prägendsten Begegnungen mit dem, was ich als das schwarze Loch erfahren habe. Ganz schlimm war Malville und ultimativ war St. Gallen, Güllen genannt.

In der Nähe von St. Gallen war ich im Rahmen einer Art Geheim-Treffen während eines heftigen Regens mit dem Auto eines befreundeten Filmemachers von einem Waldweg gerutscht und über einer Schlucht hängen geblieben, deren tiefsten Punkt ich bildlich als das schwarze Loch erblicken konnte, in das ich definitiv nicht wollte.

Ich erinnere nicht mehr, um was es an diesem Treffen ging, und ich weiss auch nicht mehr, warum ich die Kontrolle über das Auto verlor, ehe ich aus meiner fatalen Lage befreit wurde, aber die Nacht roch nach Götterdämmerung und dieses Erlebnis hat mir den entscheidenden Respekt vor dem verschafft, was ich immer wieder als Sog ins schwarze Loch erfahren habe.

Die Ereignisse im französischen Malville liegen ebenfalls schon 30 Jahre zurück und sind für heutige mitteleuropäische Verhältnisse kaum mehr vorstellbar.

Am Morgen des 31. Juli 1977 setzten sich von zwei Orten in der Nähe von Genf etwa 50000 Menschen zu einer *internationalen Anti-AKW-Demonstration gegen den Bau des grössten ‹Schnellen Brüters› der Welt*, zu Fuss in Bewegung. Dies Jahre vor der Katastrophe von Tschernobyl. *Le Superphénix*, wie er hier genannt wurde, war bereits seit Jahren von der örtlichen Bevölkerung bekämpft worden und Ziel unserer Demonstration war die Besetzung des Bauplatzes.

Bereits im Vorfeld wurde das Camp ausländischer AKW-GegnerInnen im nahen Morestel von bewaffneten Einheiten des französischen CRS gestürmt, einer gefürchteten paramilitärischen Spezialeinheit der Polizei, die schon bei der Niederschlagung der studentischen Revolte im Mai 68 eingesetzt worden war.

Ich erinnere mich nicht mehr, ob wir ebenfalls in einem der Camps übernachtet hatten, oder erst am Morgen der Demonstration eingetroffen waren; auf jeden Fall befanden wir uns auf offenem Feld, einem völlig anderem Terrain als jenem der urbanen Kampfplätze, die mir durchaus vertraut waren.

Als wir uns im strömenden Regen Richtung Malville in Marsch setzten, war aus unserer Warte weder Anfang noch Ende des Kilometer langen Zuges sichtbar. Schon bald aber tauchte am Horizont vor uns ein Konvoi auf, der schnell näher kam, uns alsbald mit schwer verletzten Demonstranten kreuzte und am Horizont hinter uns wieder verschwand.

Die Szenerie war gespenstisch und erinnert mich heute an Kriegsbilder aus dem ersten Weltkrieg. Und obwohl die Begegnung der zwei Kolonnen praktisch wortlos verlief, verbreitete sich unter uns schnell das Gerücht, dass ein Demonstrationsteilnehmer gestorben sei.

Trotzdem liefen wir weiter und weiter dorthin, woher das ferne Donnern kam , wortlos und wie gelähmt durch den anhaltenden Regen über noch einen Hügel und noch einen Hügel, bis plötzlich im Tränengasnebel die Umrisse des Baugeländes von Malville vor uns erschienen. Aber an ein Weiterkommen war nicht mehr zu denken – im Gegenteil. Um die geplante Besetzung zu verhindern, hatte die CRS Strassensperren errichtet.

In den darauf folgenden Auseinandersetzungen setzte

die Polizei nebst Gasgranaten auch kriegsmässige Sprenggranaten ein. Zwei Demonstranten versuchten, die vermeintlichen Gasgranaten auszutreten bzw. zurückzuwerfen und verloren dabei durch das Explodieren der Sprenggranaten eine Hand und einen Fuss. Durch eine Fehlzündung wurde einem Mitglied der CRS ebenfalls eine Hand abgerissen. Und hier wurde auch das vorherige Gerücht Tatsache: Ein Demonstrant starb an den Folgen eines Lungenrisses, verursacht durch eine Sprenggranate. All dies erfuhren wir jedoch erst später.

In dieser Situation ergriffen wir während der allgemeinen Panik die Flucht und brachten uns durch dichte Maisfelder vor der CRS und ihren Granaten in Sicherheit.

Ich weiss nicht mehr, wie wir wieder zusammen fanden und auf welchem Weg wir in die Schweiz zurück gelangten, aber ich weiss, dass ich Malville nie vergessen werde.

Inzwischen hatten sich die Reihen gelichtet und längst waren einige untergetaucht; andere hatten sich dem drohenden Strafvollzug durch Flucht ins Ausland entzogen, wie mein bisheriger Weggefährte André Chanson, dem in Chile, und nach dem dortigen Militär-Putsch gegen Präsident Allende, in Algerien politisches Asyl gewährt wurde.

Dort weilte er, wie zuvor Eldridge Cleaver und andere exilierte Militante der amerikanischen Black Panthers, als Gast der Regierungspartei FLN. Als ich André in Alger traf, war er gerade dabei, im Auftrag des Landwirtschaftsministeriums eine Dattelpflückmaschine zu entwickeln. André war gelernter Feinmechaniker und André erfand immer irgend etwas.

Aber André war auch ein Mann der grossen Worte. Als sich während der Besetzung an Zürichs Venedigstrasse

Bauarbeiter anschickten, die Häuser abzureissen, schnappte er sich ein Megaphon und schwang sich auf einen Balkon der bedrohten Jugendstil-Villen. Mit charismatischen Worten beschwor Andrè die aus der Innerschweiz angeheuerten Arbeiter, sich nicht gegen die aufmüpfigen Zürcher Mieter aufhetzen zu lassen und von ihrem Tun abzulassen. Um diesen die Solidarität zu erleichtern, rief er gleichzeitig vor versammelter Presse die mit Bussen angereisten Schaulustigen zu einer Spendeaktion auf. Damit sollte den verdutzten Bauarbeitern ihr allfälliger Lohnausfall vergütet werden. Als sich zudem herumsprach, dass diese eigentlich Bergbauern waren, kam gar überschäumende Folklore auf.

André's Aufruf folgte ein Schulterschluss unter Lohnabhängigen, aber dieser sollte nicht allzu lange anhalten.

Da wir später beide an Wiesenstrasse wohnten, verbanden uns während dieser Zeit zahlreiche gemeinsame Mieter-Aktivitäten im Zürcher Seefeld.

Den Bauarbeitern, die eigentlich Bergbauern waren, bin ich immer wieder begegnet. André habe ich seit Algerien nie mehr gesehen.

Andere sassen ihre Strafe ab und zu den ersten Toten aus meinem Umfeld gehörte René Keller, der nach seiner Flucht um die halbe Welt schliesslich im italienischen Parma auf ungeklärte Weise im Gefängnis starb.

René hat nie grosse Worte verloren; vielmehr liebte er die Tat. Er hatte seine Jugend in einem Heim verbracht und war während des Globus-Krawalls von Basel nach Zürich gekommen. Ihn umwehte die Aura des Polit-Rockers, wie wir damals genannt wurden und René war ganz ganz cool. Er trug, wie ich, Spanish Boots und an Stelle meiner Lederjacke ein Jeans-Gwändli. Solche Attribute verliehen einem die die nötige Street Credibility, wie wir es damals nannten.

Mit René verband mich ausserdem eine Vorliebe für 2er Kisten, sprich (zumeist) monogame Liebesbeziehungen. Gemeinsam wehrten wir uns gegen deren von anderen Platzhirschen postuliertes Verbot. Als ihn einst ein solcher während einer Vollversammlung von einem Podest herab nieder zu machen versuchte, spuckte René ihm als Antwort von unten hinauf ins Gesicht. Ich weiss, Spucken gilt als politisch inkorrekt, aber so wohl nicht.

Da wir die gleichen Rivalen hatten, verfolgten wir alsbald auch die gleichen Interessen. Daraus entwickelte sich während kurzer Zeit eine dieser typischen, verschworenen Männerbeziehungen, die sich vor allem während der organisierten Flucht von Heimzöglingen bewähren sollte.

Im Namen des Gesetzes und im Sinne der folgenden Anklageerhebung wurde später daraus eine «Gefangenenbefreiung.»

Längst waren wir jetzt ins Visier des Staatsschutzes geraten, spätestens jedoch, nachdem wir als Proletarische Kampforganisation (PKO), einem engen Zirkel von Auserwählten, unter anderem den ersten Text der RAF aus dem Untergrund veröffentlicht hatten, der damals legal nicht erhältlich war.

Die RAF war von einigen Militanten im Untergrund gegründet worden, nachdem in Deutschland eine offene Auseinandersetzung mit den Vätern des Wirtschaftswunders kaum mehr möglich war. Im Staatsapparat, aber auch in den Eliten von Wirtschaft und Politik, hatten zudem, für viele der Nachkriegsgeneration völlig unakzeptabel, schon wieder nicht wenige ehemalige Nazis unbehelligt Fuss gefasst.

Am 2. Juni 1967 wurde der Student Benno Ohnesorg, anlässlich einer Demonstration gegen den Schah von Persien, von der Polizei erschossen.

Die Regierung erliess Notstandsgesetze und Berufsverbote, die Springer-Presse hetzte gegen den «kommunistischen Mob», und als kurz danach dem Studentenführer Rudi Dutschke, ebenfalls auf offener Strasse, in den Kopf geschossen wurde, verbreitete sich ein Klima ohnmächtiger Wut. Für viele aber waren diese Daten auch ein Wendepunkt in der eigenen Geschichte.

Sollte man sich von den Vertretern eines Staats, der andauernd auf die Einhaltung demokratischer Spielregeln pochte, in Zukunft einfach öffentlich abknallen lassen?

Dies war zu viel verlangt und dies waren die Ereignisse, die zur Gründung der Bewegung 2. Juni und der RAF führten. Beide verstanden sich als bewaffneten Arm der Linken und genossen deshalb noch lange in weiten Kreisen der Bevölkerung Unterstützung.

Auch in anderen europäischen Ländern entstanden zu dieser Zeit ähnliche Organisationen, in Italien zum Beispiel Lotta Continua und später die BR (Brigate Rosse), die mit den Fabrikkämpfen korrespondierte und ursprünglich viel stärker als die RAF in andere soziale Bewegungen des ganzen gesellschaftlichen Spektrums integriert war.

Die RAF propagierte das «Konzept Stadtguerilla», welches vorsah, den bewaffneten Kampf nach südamerikanischem Vorbild in die Metropolen zu tragen. Sie verübte u.a. Anschläge auf Repräsentanten der Staatsmacht und auf Einrichtungen der amerikanischen Armee, welche über den Hinterhof Deutschland ihren Nachschub für den Krieg in Vietnam abwickelte.

Der Staat seinerseits schlug mit aller Härte zurück. Das

Land wurde mit Raster-Fahndungen überzogen, zahlreiche Aktivisten wurden «auf der Flucht» erschossen oder verhaftet und zum Teil über Jahre ohne Urteil in Isolationshaft gehalten.

Am Ende dieser mörderischen Auseinandersetzung stand «der deutsche Herbst.» Zahlreiche Menschen auf beiden Seiten hatten bereits ihr Leben verloren, so auch der Schweizer Werner Sauber. Der Bruder des ehemaligen Formel 1-Rennstallbesitzers Peter Sauber wurde bei einer Ausweiskontrolle auf einem Parkplatz in Köln von der Polizei erschossen.

An den Mauern von Zürich hing danach während Wochen überall ein schwarz-weisses Plakat mit den Gesichtern von René Keller und Werner Sauber. Darüber stand geschrieben: «Der revolutionäre Kampf gab ihrem Leben einen Sinn. Wir führen ihn weiter.» Wir meinten den Kampf und sprachen vom Leben.

1977 wurde der deutsche Arbeitgeber-Präsident Hanns Martin Schleyer zur Befreiung der inhaftierten politischen Gefangenen aus der RAF entführt. Der Staat jedoch blieb hart und opferte Schleyer, welcher kurz darauf im nahen Frankreich im Kofferraum eines Autos erschossen aufgefunden wurde. Wenige Stunden später starben, unter nie restlos geklärten Umständen, auch die im Hochsicherheitstrakt von Stammheim gefangenen RAF-Mitglieder Andreas Baader, Gudrun Ensslin und Jan-Carl Raspe, wie kurz zuvor schon Ulrike Meinhof.

Danach war die politische Diskussion in Deutschland über Jahre gelähmt, und schon früher waren zahlreiche Aktivisten ins Ausland geflüchtet, so auch mein heutiger Freund Rudi aus Köln, der eines Tages plötzlich vor unserer Haustüre an der Zürcher Wiesenstrasse stand.

In der Schweiz spitzte sich die Diskussion um den bewaffneten Widerstand erst dann zu, als der harte Kern der RAF bereits zerschlagen oder verhaftet war.

Zwar hatte die Bundesanwaltschaft in Zürich bereits die Gruppe Bändlistrasse mit einer riesigen Propaganda-Show vorsorglich ausgehoben, obwohl oder gerade weil diese bisher noch gar nie öffentlich in Erscheinung getreten war. Ihren originellen Namen verdankte die Gruppe einzig dem Umstand, dass ein junger Mann in berauschtem Zustand aus einer Wohnung an der gleichnamigen Strasse gesprungen war. Im Verlauf der anschliessenden Untersuchung fand die Polizei daselbst ein «Sprengstofflabor und anarchistische Schriften»; die Bundesanwaltschaft ortete Verbindungen zur RAF.

Gegengewalt in Form von klandestinen Aktionen war jedoch auch hier längst zu einem täglichen Mittel des Widerstands geworden, auch wenn in unserem Milieu der Augenmerk immer eher auf Unterstützung und Logistik, eine typisch schweizerische Eigenschaft, ausgerichtet war.

Und um Support und Solidarität ging es auch jetzt in erster Linie. Wir gründeten wie in anderen Ländern, zur Unterstützung der politischen Gefangenen und deren Haftbedingungen, die Rote Hilfe und begannen diese europäisch zu vernetzen. Ich war oft in München, London, Amsterdam und Paris, aber je länger je mehr stellte sich auch mir die Frage nach den Erfolgsaussichten unserer Aktivitäten. Eigentlich schwanden diese zusehends, aber nur Wenige aus meinem Umfeld waren bereit, sich dies wenigstens untereinander einzugestehen.

An einem bestimmten Punkt angelangt, ging es, aus meiner Sicht, nicht mehr um die Konsequenz, sondern um die Perspektive. Und diese sah ich für mich so nicht mehr. Ich wollte mich nicht verschwinden lassen.

Viele Jahre später fand ich in meinem Briefkasten die Abholungseinladung für eine eingeschriebene Sendung. Auf der Post wurde mir ein riesiges Paket ausgehändigt, auf das ich an diesem Tag nicht gewartet hatte. Absender war der «Sonderbeauftragte für Staatsschutz-Akten», und als ich das Paket öffnete, fand ich, komprimiert auf zehn Kilogramm, einen grossen Teil meines bisherigen Lebens. Unter einem Fahndungs-Foto kamen unzählige Observations- und telephonische Abhörprotokolle zum Vorschein, auf denen Verfasser und Informanten allesamt fein säuberlich mit einem schwarzen Balken abgedeckt waren.

Ein paar Jahre zuvor hatte der «Fichen-Skandal» die Schweiz erschüttert. Tausende von Personen waren vom Staatsschutz bis in die jüngste Gegenwart observiert und registriert worden, was wir schon immer vermutet und angeprangert hatten. Viele hatten deswegen Arbeit oder Wohnung verloren und schliesslich wurde meinem ehemaligen Strafverteidiger und heutigen Bundesrat, Moritz Leuenberger, eine parlamentarische Untersuchungskommission (PUK) übertragen, um dieses dunkle Kapitel des «Schnüffelstaats» zu durchleuchten.

Zwar hatte auch ich mir in den fraglichen Jahren ein Verhalten zugelegt, welches mich vor dem Zugriff des Staatsschutzes weitgehend schützte, und noch heute drehe ich mich bisweilen automatisch um, wenn ich hinter mir auf der Strasse etwas Bedrohliches vermute.

Aber was ich jetzt in meinen Händen hielt, war trotzdem derart widerlich, dass ich mich beinahe übergeben musste. Was die verdeckten Ermittler über mich in Erfahrung gebracht hatten war dilettantisch, infam, niederträchtig und gespickt mit perversen Phantasien und Interpretationen. Ich wurde wütend, aber ich musste akzeptieren, dass es Menschen gab, die mich so sehen wollten.

Neulich erhielt ich einen Anruf von C., die ich viele Jahre nicht mehr gesehen hatte. Damals hatten wir während Jahren Zimmer an Zimmer in der gleichen WG gewohnt und uns immer gut verstanden.

Wir verabredeten uns am Zürcher Hauptbahnhof und begaben uns für 2 Stunden auf den Platzspitz, der auch im Ausland eine Zeit lang wegen seiner offenen Drogenszene als «Needle Park» trauriges Aufsehen erregt hatte. Jetzt erinnerte nichts mehr daran. Der Park war beinahe menschenleer und breitete sich friedlich in der warmen Frühlingssonne aus. Lange schauten wir uns wortlos an, ehe wir einander erzählten, was aus uns geworden war, seitdem wir uns aus den Augen verloren hatten. Danach fragte ich sie, was ich mich selbst fragen wollte: «Wieso sind die einen weniger weit gegangen als die anderen? War es Klugheit oder Feigheit? Gab es hier einen Überlebensinstinkt und dort eine Todessehnsucht? Ging es um die Perspektive oder um die Konsequenz? Gab es überhaupt eine Antwort?»

C. war aus Sicht der Bundesanwaltschaft sehr weit gegangen und zwischen uns lagen diese 5 Jahre, die sie im Gefängnis verbracht hatte. Wir schwiegen lange.

Danach war unsere Zeit um und unsere Wege trennten sich wieder. Wir verabschiedeten uns im Hauptbahnhof und drehten uns später noch einmal nach einander um. Sie lachte so, wie sie immer gelacht hatte, ehe sie im Menschengewühl verschwand. Ich war aufgewühlt – wir waren uns noch immer sehr nahe.

13

Und dann die Hitze.

«There Is Only One Way Out Of Here – Through The Desert», sagt der von Oliver Reed verkörperte Outlaw Frank Calder, welcher mit der Frau (Candice Bergen) des herrischen Gutsbesitzers Brandt Ruger durchgebrannt ist, in einer Schlüsselszene von *The Hunting Party*. Unerbittlich jagt Ruger (Gene Hackman) die Beiden vor sich her und hat dabei Calder mehrmals im Visier seines Zielfernrohrs; aber erst in der Wüste kommt es schliesslich zum Showdown. Erbarmungslos hämmert die Sonne auf das erschöpfte Paar, als Ruger wie eine Fata Morgana am Horizont auftaucht und die Wehrlosen aus sicherer Entfernung gnadenlos exekutiert, bevor er neben den Beiden ebenfalls zusammenbricht. Wohl um die Endgültigkeit und Sinnlosigkeit der Szenerie zu betonen, wird diese Schlussszene im Film zu einem körnigen Standbild eingefroren.

Cadaveri Eccellenti ist ein Polit-Thriller mit Lino Ventura. Am Anfang des Film sieht man einen Richter in schweigender Zwiesprache mit den aufgereihten Gebeinen ehemaliger Notabeln, welche hier, in den Katakomben einer süditalienischen Stadt, ihre letzte Ruhe gefunden haben.

Danach steigt der Magistrat, welcher kurz seine Dienstfahrt unterbrochen hat, eine Treppe hoch, um durch gleissendes Licht ins scheinbare Diesseits zu verschwinden. Dort angelangt, entscheidet sich der alte Mann spontan für einen kurzen Spaziergang und schickt seinen Chauffeur weg, der vor der Friedhofanlage in einer Limousine auf ihn gewartet hat. Es duftet nach Frühling und neuem Leben, aber just in dem Moment, als der Richter seinen Arm nach einer Jasmin-Blüte ausstreckt, fällt von hinten ein Schuss und der Magistrat fällt, die Blüte in seiner Hand, tödlich getroffen zu Boden.

«I Just Want To Be Me», lässt Elia Kazan, nach seinem Abgang aus Hollywood, seinen Protagonisten Eddie Anderson (Kirk Douglas) einmal in *The Arrangement* sagen. In einer anderen Schlüsselszene des Films dämmert der Marketing-Crack, neben dem Swimming Pool seines Sonnen durchfluteten Anwesens, wortlos vor sich hin und starrt in den Fernseher. Nach einem selbst verschuldeten Autounfall schaut sich Anderson, dem es an nichts mangelt, ausser an Selbstrespekt, teilnahmslos eine Tiersendung an. Während Hyänen eine Gazelle durch die Hitze der afrikanischen Steppe jagen und schliesslich zerfleischen, erscheinen im Hintergrund plötzlich Eddies Vorgesetzte. «I'm Not Coming Back», entgegnet ihnen dieser und findet dadurch wieder zu seiner Sprache, die er nach dem Unfall vorübergehend verloren hatte.

Es war wohl kein Zufall, dass nach der Hälfte meiner Therapie diese frühen Filme aus meiner Vergangenheit wieder vor meinem inneren Auge auftauchten; auch *Il Deserto Rosso* von Michelangelo Antonioni oder Sergio Leone's *Once Upon A Time In The West* gehörten dazu und in all diesen Filmen geht es um die Hitze als Urteil. Und um Licht und um Sonne. In dieser Traumwelt begann ich nun zunehmend die gegenwärtigen Niederungen meines realen Daseins als eigene Durststrecke zu spiegeln.

Der Sommer, den ich so sehr erduldet hatte, war nach zwei Dritteln meiner Therapie endlich ausgebrochen, und ich freute mich, an Stelle des andauernden Fiebers, endlich wieder auf wärmende Sonnenstrahlen. Mit der Unbill des Winters war ich erstaunlich gut zu Recht gekommen, aber jetzt musste ich sehr schnell erfahren, dass die sommerliche Hitze und deren Sonnenstrahlen Gift waren für meinen momentanen Zustand und die Auswirkungen des Interferons sofort verstärkten. Und damit auch das Fieber, und bald wusste ich nicht mehr, ob die Hitze von innen oder von aussen kam. Mein Ich war eingeklemmt in einer einzigen Glut; Licht blendete nur noch und meine Atemnot wurde immer unerträglicher.

Schatten konnte mir nicht mehr helfen; ich igelte mich zusehends in geschlossenen, möglichst kühlen Räumen ein. Die Bade-Saison und die sonntäglichen Fussball-Turniere meines Sohnes liefen völlig an mir vorbei, während für meine Frau in ihrer Freizeit immer mehr Betreuungsarbeit anfiel. Und ohne meinen Bruder hätte ich mir die traditionelle Ferienwoche mit Sohn und Götti-Buben am Bodensee erst gar nicht zugetraut.

Noch gab ich mir Mühe, die landesüblichen Sommer-Rituale ab und zu mitzumachen, aber schon bald fühlte ich mich dadurch physisch und psychisch überfordert. Die gesellschaftlichen Anlässe an lauen Abenden wollten kein Ende nehmen, der Alkohol für die anderen ebenfalls nicht, und in meiner Faserpelz-Jacke kam ich mir neben all den gebräunten Menschen im T-Shirt reichlich deplatziert vor. Auch sonst sehe ich mich oft als Misfit, aber in meinem jetzigen Zustand nahm meine Aversion gegen Small Talk und das scheinbar pausenlose Ausnützen der kurzen Sommer-Monate oft absurde Formen an. Die Leute sollten sich nicht nach dem Wetter richten, sondern die Feste feiern, wie sie fallen, war schon immer meine Devise gewesen. Wieso diese ständige Angst etwas zu verpassen, und wo blieb die Spontaneität, fragte ich mich immer wieder im Bewusstsein, dass gerade ich dazu unfähig war.

Ich hasse das organisierte Herumgedümple. Es beraubt mich scheinbar jeglicher Orientierung, und wird mir deshalb immer wieder schnell zu viel, worauf ich diesen leicht paranoiden Zwang zu abrupten Abgängen verspüre, den ich von meiner Mutter mitbekommen habe. Was danach folgt, ist meist ein schlechtes Gewissen.

Vor meinen Augen blinkte es jetzt manchmal richtiggehend wie während der andauernden Gelb-Phase an einer Verkehrsampel und meine Beine fühlten sich zeitweise so schwer an, dass sich mein Gang dadurch automatisch verlangsamte. Jegliche Hetze war mir abhanden gekommen und ich erinnerte mich schmerzlich an meinen Aufenthalt in der Klinik Sonnmatt, wo ich mich nach einer schweren Lungenentzündung vor Jahren erholt hatte. Jeden Morgen nach dem Morgenessen zog ich mich zur Lektüre in eine Art Bibliothek zurück, während gleichzeitig eine sehr alte Frau unter Beihilfe einer Schwester immer die gleichen Gehversuche unternahm. «Heute haben wir aber wieder schöne Fortschritte gemacht, Frau Meier», sagte die Schwester dann jeweils, nachdem die alte Frau 50 Zentimeter zurückgelegt und ich in der gleichen Zeit die ganze Zeitung durchgelesen hatte.

Ab und zu jedoch brachte der Sommer durchaus auch lichte Momente voller Komik mit sich.

Wenn es draussen warm ist, essen meine Frau und ich

mit Vorliebe kalt. Über Wochen bestehen die Hauptmahlzeiten dann entweder aus Tomaten-/Gurkensalat mit Mozzarella oder aus Cavaillon-Melone mit Rohschinken; sehr zum Unwillen unseres Sohnes, dem es darob meist zunehmend langweilig um den Mund wird.

Auf der Suche nach einer Familien-kompatiblen Menu-Alternative vermeinte ich, aus nachträglich unerfindlichen Gründen, seine Vorliebe für Wassermelonen entdeckt zu haben und schleppte mich eines Tages, auf der Suche danach, in COOP und Migros. Die Wassermelone war nicht leicht zu finden, dafür schwer zu tragen, aber nach mehreren Zwischenhalten gelang es mir, schweissüberströmt und pünktlich auf das Mittagessen, die 8 Kilo voller Stolz zu präsentieren. Anfänglich gab sich mein Sohn tapfer Mühe, gute Miene zum guten bösen Spiel zu machen, aber das Angebot auf einen weiteren Schnitz, lehnte er, zu meiner Enttäuschung, bereits entrüstet ab. Das Ganze sei nie und nimmer seine Idee gewesen, wobei er möglicherweise sogar Recht hatte, und Melone sei Melone, egal wie sie aussehe oder hiesse.

«Don't do it!», bellte es an einem anderen Tag aus meinem Handy, als ich meine andere Hand eben nach einer Rolle Toiletten-Papier ausstreckte. In den Denner-Filialen herrscht um diese Jahreszeit meist eine Temperatur wie in einer Tiefkühltruhe, aber die Schauer, welche es mir über den Rücken trieb, hatte nichts damit zu tun.

«I Found Your Number In My Wives Papers», doppelte die Stimme drohend nach, und ich begann zu ahnen, dass es sich bei der Stimme um den Ehemann einer ehemaligen Freundin handeln musste, die ich ein paar Tage zuvor nach dreissig Jahren zum Mittagessen getroffen hatte. «Hoppla!», dachte ich für mich, wie kommt der Mann dazu, die Papiere seiner Frau zu durchwühlen, aber da mich das Ganze eigentlich gar nichts anging, fiel es mir extrem leicht, seinen Ratschlag zu befolgen. «Stay Away From Her!», riet er mir, was ich ohnehin getan hätte, umso mehr, als er sein Anliegen «Completely Clear» machen wollte, ehe er einhängte.

Kurz darauf legte der grösste Stromausfall, den die Schweiz je erlebt haben soll, während der abendlichen Stosszeit landesweit das gesamte Schienennetz der Schweizerischen Bundesbahnen (SBB) lahm. Die Ursachen waren damals völlig unklar und vielleicht werden sie auch nie ganz geklärt werden. Es ging einfach nichts mehr und niemand wusste warum.

Ich war damals selbst von diesem Black Out betroffen und sass mit Tausenden von anderen Pendlern Stunden lang im Bahnhof Zürich fest. Und ich bewunderte das Zugpersonal, welches auf die Fragen der Menschen während Stunden nur eine Antwort geben konnte: «Ich weiss es nicht.» Dies galt es auszuhalten und da war Improvisation, keine typisch schweizerische Eigenschaft, angesagt.

«Das ist mir wurst», brüllte der Zugbegleiter in sein Mobil-Telefon, als er von irgend einer Leitstelle darauf hingewiesen wurde, dass er noch nicht offiziell dazu ermächtigt war, zu tun was er tat, um die Stimmung zu entschärfen. Um das Warten zu überbrücken, hatte er in Eigeninitiative begonnen, den wartenden Passagieren, Reisegutscheine an Stelle von Antworten zu überreichen.

«Der Mann hat Recht», sagte ich mir. Wo kämen wir denn hin, wenn die Angestellten darauf warten würden, bis ihren Vorgesetzten etwas Besseres einfällt als die Unternehmen tot zu sparen und gleichzeitig ihre eigenen Gehälter andauernd anzuheben …

Es herrschte eine Gluthitze, aber da ich an diesem Tag

weder mein Kind von der Schule abholen musste, noch einen Herzinfarkt zu befürchten hatte, erlebte ich den Vorfall positiv. Wildfremde Menschen begannen mit einander zu sprechen, ihre Pläne zu ändern und einander zu helfen. Mit dem Stromausfall brachen unfreiwillig auch der tägliche Trott und die ewig gleiche Routine zusammen.

Ich erinnerte mich an Afrika und ich begriff wieder einmal, wie verschieden Menschen sein können. Wahrscheinlich gibt es solche, die Unvorhergesehenes oder Fehler bei sich und deshalb auch bei anderen nur schwer akzeptieren können und dann in solchen Situationen Gott und den Staat verfluchen; andere wiederum mögen sich auf eine solche Situation einlassen und begreifen Fehler bei sich und ihrer Umgebung als etwas, woraus gelernt werden kann. Ich erkenne mich in beidem und ich bin wohl auch beides.

Eines Morgens wachte ich beinahe fröhlich auf. Ich hörte die Vögel vor dem Fenster, ein laues Lüftchen fuhr sanft durch den Vorhang und ich sagte zu mir «heute fühle ich mich gut – bald ist alles vorbei.» Und bald würde ich erfahren, dass diese Zeit kommen wird – aber nicht an diesem Tag.

Wenn ich auf dem Display meines Handys die Nummer von Dr. R.s Praxis aufleuchten sah, wusste ich jeweils sofort, dass dies etwas mit meinen Blutwerten zu tun hatte. Eines Tages klingelte mein Natel und Dr. R. befürchtete einen Durchbruch, die Wiederkehr des Virus, was sich glücklicherweise später als unbegründet herausstellte. Irgend etwas anderes war mir über die Leber gekrochen, aber danach nahm ich mir vor, den Rest der Therapie nicht einfach durchzuseuchen, sondern etwas zu unternehmen, um mein Immunsystem aktiv zu stärken.

Aus meiner näheren Umgebung wurde ich auf R. hingewiesen, die mit den Methoden der Kinesiologie, einer Präventivmedizin, schon mehrmals Personen unterstützend behandelt hatte, welche sich gleichzeitig einer Chemotherapie unterzogen. «Wenn sie denken, dass es ihnen etwas bringt», meinte Dr. R., dessen Zuweisung ich für die Krankenkasse benötigte, ohne sich näher dazu zu äussern.

Der Termin fiel auf den Tag nach meiner Interferon-Injektion und wie in Zeitlupe bewegte ich mich durch die sommerliche Hitze Richtung Sursee, einem verschlafenen und idyllischen Ort im Luzerner Hinterland, dem Ziel meiner kinesiologischen Sitzung.

Kinesiologie ist eine Synthese aus Inhalten überlieferter östlicher Heilkunst und moderner westlicher Wissenschaften. Mit Muskeltests, dem speziellen Arbeitsinstrument in der Kinesiologie, werden Energieungleichgewichte, die zu gesundheitlichen Störungen führen können, im Körper festgestellt, denn das energetische Gleichgewicht gilt als wichtige Voraussetzung für optimale Organfunktionen. Ausser dem Blut-, Lymph- und Nervensystem befindet sich in unserem Körper ein weiteres System von Energiebahnen, Meridiane genannt.

Gemäss der Kinesiologie entstehen Energieblockierungen zum Beispiel durch Stress, Schmerzen, Unfälle, seelisch belastende Lebenssituationen oder unausgewogene Ernährung. Ist der Energiefluss in den Meridianen ausgeglichen, fliesst die Lebensenergie im ganzen Körper optimal und wir fühlen uns energetisch im Gleichgewicht, sagen die Kinesiologen. Ausdrücklich weisen diese aber auch darauf hin, dass diese Art der Präventivmedizin keine ärztliche Untersuchung oder Behandlung ersetzt. Sie wird deshalb vor allem ergänzend zur ärztlichen Behandlung eingesetzt, um den Heilungsprozess ganzheitlich zu unterstützen.

R. arbeitet dafür auch mit Blütenessenzen, die sie analog zu den bekannten Bach-Blüten verabreicht. Diese Blütenessenzen werden aus diversen Wildpflanzen hergestellt und sollen die Selbstheilungskräfte fördern. Auf feinstofflicher Ebene wirkend, können Überdosierungen oder Unverträglichkeit gegenüber anderen Therapieformen praktisch ausgeschlossen werden. Die Inspira- Blüten-Essenzen sind indessen keine Medikamente, und wollen dies auch nicht sein.

Die kinesiologische Sitzung wurde von R. mit einem ausführliches Gespräch eröffnet, gefolgt von Muskeltests, welche zum Energiefluss in meinem Körper Auskunft geben sollten. Gestützt darauf verabreichte mir R. einen Cocktail aus verschiedenen Blüten-Essenzen, von denen ich während einem Monat je 4x4 Tropfen täglich einnehmen sollte.

R. hatte mir zum Abschied ausdrücklich empfohlen, die Sitzung anschliessend nachzuspüren und zu überdenken. Dies sollte zum Prozess der Selbstheilung beitragen. Ich kaufte mir also drei Erdbeertörtchen und spazierte, auf dem Weg zurück nach Luzern, dem Sempacher See entlang. Die Hinterland-Idylle beruhigte mich ebenso, wie sie mich verunsicherte. Ich mobilisierte ein paar müde Gedanken zur Zersiedelung unseres Lebensraums und betrachtete, einmal mehr durch diese durchsichtige Mauer, die Mütter, die wie jeden Sommer mit ihren Kindern auf der Wiese spielten oder im See herumplantschten, Die Sitzung hatte mir gut getan, aber ein wirkliches Nachspüren wollte mir ob der drückenden Hitze nicht wirklich gelingen.

Ich bin mir nicht sicher, was ohne den Besuch bei R. passiert wäre, aber ich weiss, dass kurz danach mein hohes Fieber aufhörte. «Wenn sie denken, dass es ihnen etwas bringt», hatte Dr. R. gesagt ...

Chemische Substanzen haben auf mich, ausser früher LSD zur Erweiterung des Bewusstseins und mit zunehmendem Alter ab und zu Alcacyl gegen Grippe oder Fieber, nie eine besondere Attraktion ausgeübt – aufgewachsen mit einer Müttergeneration, für die ab den 60er-Jahren von der Pharma-Industrie ein ganzer Katalog von Tranquilizern wie Librium oder Valium bereitgestellt wurde, um vorab Frauen ruhig zu stellen. In Pillendosen, die eigentlichen Schmuckkästchen glichen, schleppten die Damen ihre Medikamente herum, deren Einnahme damals beinahe als schick galt, was ich schon immer als leicht pervers empfand. Hinter dem pressanten Griff nach «Mothers Little Helper» vermutete ich vielmehr eine gesellschaftsfähige Chemie-Hörigkeit, die sich gediegen vom proletarisch-schnöden Griff nach der Flasche unterscheiden sollte.

Meist war ich in der glücklichen Lage, auf chemisch hergestellte Medikamente verzichten zu können, was mir wegen ihrer Nebenwirkungen auch lieber war. Überdies hat mich die Gefährlichkeit der jeweiligen Substanzen immer mehr interessiert, als deren gesellschaftspolitische Unterscheidung in legale oder illegale Drogen. Auch dem erbitterten Disput über Wirksamkeit und Kosten von Schul- oder Komplementärmedizin dürften ähnliche Interessenskonflikte zu Grunde liegen.

Während zum Beispiel die Kosten einer kinesiologischen Behandlung in der Regel schon immer über die Zusatzversicherungen der Krankenkasse abgerechnet wurden, waren in der Schweiz bisher zahlreiche weitere Leistungen der Komplementärmedizin im Grundkatalog der obligatorischen Krankenversicherung enthalten. In diesem Jahr jedoch kippte das Bundesamt für Gesundheit zahlreiche Angebote der Alternativmedizin aus dem Katalog der

Grundversicherung, was die Grundsatz-Diskussion erneut angefacht hat.

Unbestritten ist, dass chemische Medikamente oft zahlreiche Nebenwirkungen verursachen, und dass die Homöopathie oft dort ansetzt, wo die Naturwissenschaft vielmals ratlos aufgibt, was allerdings auch umgekehrt zutrifft. Und unbestritten ist auch, dass sich die Pharma-Industrie in der Vergangenheit durch ihre Preispolitik viele Sympathien verscherzt hat. Und die ethischen Richtlinien der Chemie-Multis dürften ebenfalls nicht immer über alle Zweifel erhaben sein; noch gut in Erinnerung ist deren ursprüngliche Weigerung, Aids-Medikamente zu angemessenen Preisen an die Armen in den Ländern des Süden abzugeben.

Immerhin: 2006 hat sich der Basler Pharma-Konzern Roche verpflichtet, in den am meisten von Aids betroffenen armen Ländern seine Patentrechte nicht mehr durchzusetzen und seine Aids-Medikamente in den ärmsten Ländern zu Selbstkostenpreisen zu verkaufen.

Auf der Suche nach Literatur zu Hepatitis C, stiess ich eines Tages im Internet auf ein Buch des amerikanischen Autors Lloyd Wright. *Hepatitis C Free: Alternative Medicine Vs. The Drug Industry* hiess der Titel, und was ich dazu las, liess mich erschauern. «Unfortunately, Interferon Is Not Only Hopelessly Inadequate, It Is A Barbaric, Destructive And Deadly Treatment That Is Forced On Those Suffering From Hepatitis C As The Only Option.»

Ich beschloss das Buch zu lesen, aber nicht vor Beendigung meiner Immuntherapie.

14

«You Never Know What You're In For», ein Song des amerikanischen Singer/Songwriters Elliott Murphy aus dem Jahr 1976, war eine Offenbarung, traf den Nerv der Zeit und illustriert gut meine damalige Stimmungslage.

Hochkonjunktur und Revolte, die einander zum Teil auch bedingt hatten, waren vorbei; die Schweiz erlebte die erste grössere Wirtschaftskrise seit den 30er-Jahren und unsere neuen Gesellschaftsentwürfe begannen, zunehmend davon eingeholt zu werden. Auf den Aufbruch folgte die Ernüchterung und auf die neuen Begegnungen die alten Trennungen; *And The Sound Is Still Waiting To Be Found*, wie Elliott Murphy in seinem Song nahelegte.

Es gibt keine Musik, und schon gar keine Geräte, welche «Soundtrack To Your Life» sind, wie uns die iPod-Werbung weismachen will. Jedes Leben schreibt seine eigenen Lieder, und dazu werden wir von dem, was wir wo, wann oder wie hören, allenfalls begleitet oder geprägt.

Und mich begleitete auf meinem Weg die Pop- und Alternativ-Kultur, die zu jener Zeit, in Wort, Bild und Musik, noch meist anglophon geprägt war. Für Rolf Thut's neu gegründeten eco-verlag, bei dem ich bereits meinen zweiten Lyrik-Band *Aufruhr im Schlachthof* veröffentlicht hatte, begab ich mich alsbald nach New York, um die deutschen Rechte an Patti Smith's Gedichtbänden *witt* und *Seventh Heaven* zu ergattern.

Patti Smith, aus dem Umfeld der Untergrund-Literaten Alan Ginsberg und William S. Burroughs, aber auch von Musikern wie Bob Dylan und Jim Morrison, war mit der Veröffentlichung von *Easter* eben in der Hit-Parade gelandet und zur Pop-Ikone geworden. Sie verkörperte in der Musik-Szene einen neuen rebellischen Typ Frau, war ebenso gut Schriftstellerin wie Sängerin, und in ihren Songs verschmelzen Poesie und Musik perfekt, was bereits ihrem Debut *Horses* eine riesige Beachtung beschied.

«I Can Hear You», vernahm ich eine leise Stimme aus dem Hintergrund dieses dunkeln Raumes, in dem ich mich unvermittelt befand. Patti Smith sass ganz alleine in einer Ecke und hatte ihren Blick auf eine Art Pult gerichtet, welches nur dürftig von einer Leselampe beschienen war.

Gotham Books, ihr Verlag in New York, hatte dieses Treffen nach einem Open Air-Konzert in der Nähe von Boston arrangiert, zu dem wir, zahlreiche Securities passierend, schliesslich als «Patti Smith's German Editor» Zulass fanden. Die Band wurde mit einem Helikopter direkt neben die Bühne eingeflogen und das Konzert fand danach sofort vor mehreren Tausend begeisterten Besuchern statt. Danach brach eine allgemeine Hektik aus, in der es mir, zu meiner eigenen Überraschung, gelang, mehrere Polizei-Kordons zu passieren, um mich plötzlich in diesem dunklen Raum des Backstage-Bereichs zu finden. Patti Smith hörte mir schweigend zu, ehe wir ein weiteres Treffen in Deutschland vereinbarten.

Dieses fand wenig später im Hotel Ramada in Ludwigshafen statt, in dessen Tiefgarage wir unseren klapprigen VW parkierten, während die Patti Smith Group darüber bereits ziemlich luxuriös untergebracht war. Dieses Mal war auch Rolf Thut dabei, und wir legten ausführlich Verlagsprogramm und kulturpolitischen Auftrag des eco-verlags dar, ehe uns Patti Smith unterbrach. «Money Doesn't Mean A Thing To Me. I Let You Have The Rights For Free.»

Ich bin mir nicht sicher, ob dies heute, ohne Anwälte und Literaturagenten, oder überhaupt noch möglich wäre, aber auf jeden Fall wurden die mittlerweile längst vergriffenen, deutschen Ausgaben der beiden Gedichtbände von Patti Smith zum grössten Erfolg in der Geschichte des eco-verlags zürich. Die Übersetzungen hatte ich zum grössten Teil selbst besorgt, und so war ich offiziell zum Übersetzer geworden, der ich eigentlich seit jeher war, weil ich unbedingt verstehen wollte, was ich auf Englisch hörte und las.

In der Folge machte ich mich daran, für den eco-verlag ein amerikanisches Literaturprogramm aufzubauen und dazu alsbald auf den Weg nach San Francisco, wo ich mich mit Pamela Mosher von City Lights Books traf, um die Realisierung weiterer Projekte zu besprechen.

Der Verlagssitz in der gleichnamigen Buchhandlung galt als eine Art Wigwam in kalten Kriegen und heissen Sommern und war Epizentrum einer neuen Generation amerikanischer Autoren – darunter der Dichter Lawrence Ferlinghetti, welcher City Lights Books gegründet hatte, und dessen Reisebericht *The Mexican Night* ich bald ebenfalls in der deutschsprachigen Fassung vorlegte.

Weitere Projekte wurden von anderen Übersetzern realisiert, so William S. Burrough's *Blade Runner* von Udo Breger und Diana di Prima's *Revolutionäre Briefe* von Rolf Thut selbst. Die neue amerikanische Literatur-Szene war innert Kürze zu einem massgeblichen Bestandteil des ecoverlag's geworden, dessen Gesamtprogramm in den folgenden Jahren einen wichtigen Platz in den deutschsprachigen Buchhandlungen einnehmen sollte.

Der Verlagssitz hatte sich lange an der Wiesenstrasse im Zürcher Seefeld befunden, an der in 6 historischen Gebäuden über 100 verschiedene Menschen lebten – StudentInnen, Emigranten, Lebenskünstler, RentnerInnen und Polit-Aktivisten, aber auch der Schriftsteller Niklaus Meienberg, der hier zeitweise eine Mansarde bewohnte. Die letzten Tage der Wiesenstrasse verbrachte ich mit den Dogbodys, der ersten schweizerischen Punkband, von der leider nur ganz wenige Ton- und Bilddokumente erhalten geblieben sind. Und obwohl ihr Song *Züri brännt* später zum Motto einer ganzen Jugend- und Kulturbewegung wurde, haben die Dogbodys bis heute in keiner offiziellen Chronik zur schweizerischen Punkszene Erwähnung gefunden.

Nach zehn Jahren Widerstand und Mieterkampf im ganzen Quartier mussten wir das Feld schliesslich räumen; die Häuser wurden abgerissen und dort, wo sich vorher meine Wohnung befunden hatte, richteten die neuen Besitzer Siber Hegner & Co. Ltd. ihrem CEO ein lauschiges Penthouse ein.

Rolf Thut starb wenige Jahre später so, wie er gelebt und es sich gewünscht hatte – schnell und kompromisslos. Sein literarischer Nachlass mit dem unvollendeten finalen Gedicht *Heisse Fracht für Algier* wurde wenig später von Verena Stettler unter dem Titel *Bitte nicht applaudieren während der Tiger auf und ab springt* herausgegeben.

Rolfs Tod war für mich Schmerz und Verlust zugleich; unsere Freundschaft hatte all die Jahre überdauert, in denen um uns herum so viel zusammengebrochen war. Gemeinsam hatten wir aus Trümmern immer wieder Träume gebaut und für deren Verwirklichung gekämpft. Und mit Rolf starb zum ersten Mal ein Mensch, der mir wirklich nahe gewesen war.

Die vorerst letzte grössere Jugend-Revolte, welche ich miterlebt habe, fand 1980 unter dem phantasievollen Namen «Die Bewegung» statt. Der Begriff hat mich immer an frühere K-Gruppen oder, noch schlimmer, an die Frontisten erinnert, aber er entstand wohl eher aus Verlegenheit und dies schien niemanden gross zu stören, da sich diese Bewegung eh beharrlich gegen jegliche politische Instrumentalisierung und Vereinnahmung verwahrte.

Was scheinbar überraschend mit dem «Opernhaus-Krawall» gegen die bildungsbürgerliche Elite-Kultur begann, hatte längst und noch immer im andauernden Unbehagen gegen die herrschenden Autoritäten in Familie, Beruf und Politik geschwelt und weitete sich in den folgenden Monaten auf die ganze Schweiz aus.

Während 1968 die Machtfrage gestellt wurde, was zu einer breiten Politisierung und nicht unwesentlich zur heutigen Demokratisierung von Politik und Gesellschaft beigetragen hat, wurde dies jetzt als Falle gesehen, der sich die Bewegung gezielt verweigerte und die sie oft dadaistisch ad absurdum führte. «Macht aus dem Staat Gurkensalat!» oder «Freie Sicht aufs Mittelmeer!» sind Parolen, die, noch heute oft zitiert, von den damaligen Autoritäten irritiert als bescheidenes Programm quittiert wurden. Unvergessen in diesem Zusammenhang ist eine Fernsehdiskussion zwischen Zürichs Stadt-Oberen und Aktivisten der Bewegung, die sich als Herr und Frau Müller verkleidet hatten, und die Argumente ihrer Gegenüber zur Empörung der Medien nicht parierten, sondern überhöhten.

Verlangt wurde in einem Programm, das ausdrücklich keines sein wollte, ein Leben im Hier und Jetzt, Freiräume für alternative Kultur und individuelle Lebensformen, wie sie, arg kommerzialisiert, in der heutigen Spasskultur wieder anzutreffen sind.

Geprägt von «No future!» und Punk, wurde bald wieder das längst überfällige autonome Jugendzentrum gefordert «und zwar subito!.» Da die Bewegung aber auch nach dessen Eröffnung nicht von der Strasse zu vertreiben war, änderten die Behörden ihre Strategie und wandten das Prinzip der verbrannten Erde an. Das mit viel Steuergeld alimentierte Jugendhaus wurde dem Erdboden gleichgemacht und die versprengte Bewegung in einer Gewalt Orgie mit Tränengas- und Gummischrot nieder geknüppelt. Danach versank Zürich lange in offener Drogenszene und politischer Agonie.

«Wenn Zürich hustet, ist die ganze Schweiz erkältet», wird oft bedauert, auch zum Unwillen meiner Frau, die aus Basel stammt. Falsch ist dies wohl nicht; die Meinungsmacher der grossen Medienhäuser befinden sich mehrheitlich in der Limmatstadt. Aber eigentlich gibt es gar keine Zürcher mehr, halte ich dem oft gerne entgegen, denn die meisten Einwohner dieser Stadt sind zugezogen aus St. Gallen, Graubünden, aus dem Tessin oder aus der Westschweiz; meine Mutter stammte aus Schaffhausen und die Familie meines Vaters ursprünglich aus Glarus. Zürich ist ein Schmelztiegel, der viel Kreativität vereinigt und Innovation ermöglicht und Zürich schafft dadurch immer wieder Signale, Anreiz und Reichtum für die ganze Schweiz.

Eine Erbschaft der 80er-Bewegung sind aber auch Fantasie und Wille zur Selbsthilfe. Viele ihrer ehemaligen Protagonisten sind in der Folge, wie ich selbst, in die gesellschaftliche Mitte gerückt, haben Kleinbetriebe gegründet wie die damalige RecRec-Genossenschaft oder sind heute als Liegenschaftenverwalter, Werber, Gastro-Unternehmer oder Kultur-Veranstalter tätig, und mit einigen bin ich noch heute befreundet oder in einem losen Netzwerk verbunden.

Die Bewegung erlebte ich intensiv, aber obwohl wir noch in Wohngemeinschaften zusammen lebten, war ich jetzt bereits älter als die meisten Aktivisten und für den Strassenkampf nicht mehr optimal disponiert. Deshalb gestaltete ich dieses Mal meine eigenen Aktivitäten aus dem Hintergrund; mit unabhängigen Ärzten in der Autonomen Sanität, als Radio-Pirat über den Äther und in der Veröffentlichung eines Fotobuches über die Bewegung, zusammen mit unabhängigen Fotografen. Das Titelblatt ziert ein Bild mit einer Strassenuhr ohne Zeiger, in der sich ein Pflasterstein festgesetzt hat und folgerichtig nannten wir uns Verlag ohne Zukunft. Der Bildband wurde von der Zürcher Paranoia City Buchhandlung aufgelegt und in mehreren Auflagen weltweit vertrieben, während ich mich für einige Zeit nach Belize absetzte.

Als ich zurück kam, war es immer noch kalt, alles lag wieder einmal buchstäblich in Trümmern und ich musste in jeder Beziehung von vorne anfangen; Wohnung und Arbeit finden und mich auf die Suche machen, nach allen und allem, das ich zuvor zurückgelassen hatte. Und bald fand ich, was ich noch immer suchte, und einige Jahre später schrieb ich dazu im Zürcher Stadtmagazin NIZZA:

«Es ist Sonntag und Frühling. Vor einer Stunde sind wir hier eingezogen und später wird es heissen: Im Mai 81 wurde die erste Wohnung am Zürcher Stauffacher besetzt. Ich schaue aus dem Fenster. Gegenüber der Konsum Verein Zürich, vielleicht unser neuer Hausbesitzer. Wir kennen uns erst seit kurzem, völlig verschieden sind wir, und möglicherweise wollen wir das Gleiche. Vorerst eine stille Besetzung – keine Flugblätter, keine Transparente. Einfach warten und Tee oder Bier trinken, bis sie kommen. Und sie kamen. Und wir blieben eine Ewigkeit.»

Was ursprünglich als befristetes Mietverhältnis für einige Monate vorgesehen war, sollte Jahre dauern und zu einem wichtigen Wendepunkt in der Geschichte der schweizerischen Mieterkämpfe werden.

Wir verbündeten uns mit dem Verein Pro Stauffacher, welcher bereits gegen den Abbruch der historischen Liegenschaften opponiert hatte, und wurden von zahlreichen Menschen aus dem Quartier unterstützt, auch von Ruedi Leuenberger, einem bekannten Vertreter des lokalen Kleingewerbes, in dessen Geschäft ich alsbald als Bilderrahmer und Chauffeur zu arbeiten begann.

Das verrufene Quartier Aussersihl, der Restschweiz besser als Kreis 4 oder auch «Chreis Cheib» bekannt, war ein traditionelles Arbeiterquartier und stand unter gewaltigem Druck der Zürcher City. Der Stauffacher gilt als Tor zu Aussersihl und der Ort ist äusserst Symbol behaftet; hier hat nicht nur die Schlacht zu St. Jakob an der Sihl stattgefunden, sondern hier wurden in den 30er-Jahren auch die nazistischen Frontisten wiederholt von der Arbeiterschaft verprügelt und am Zugang zu Aussersihl gehindert. Der Ort war perfekt gewählt – wenn nicht hier, wo dann sonst?

Und wo sonst hätte ich ihr begegnen sollen, wenn nicht hier? «Es geht nicht ohne dich», sagte sie und küsste mich. Ich wusste sehr wohl, dass es eines Tages ohne mich gehen würde, aber erstmal sprayte ich ihren Namen an jede Wand. Und wir sind uns geblieben. Heute ist sie die Gotte meines Sohnes.

Bald waren am Stauffacher sämtliche zuvor leer stehenden Liegenschaften bewohnt, was in den folgenden Jahren zu zahlreichen phantasievollen Aktivitäten führte. Oft wurde von den Bewohnern, nach südlichem Vorbild, die Wäsche über die belebte Strasse gespannt, was keineswegs den hiesigen Vorschriften entsprach, was später nicht nur im NIZZA, sondern auch in unserem Buch Stauffacher, Aussersihl – *Über die inventiven Kräfte der neuen Weltgesellschaft* nachzulesen war: «Im Tessin sind die Nächte auch im Oktober mild und hoch über dem Lago Maggiore ob Minusio steht die Baronata, ehemaliger Wohnsitz Michael Bakunins.

Die Aussicht von der Terrasse ist fantastisch. Der Mond spiegelt sich im See, wo früher Schmuggler aus Italien übersetzten und am Ufer steht verschlafen ein Zollhaus. Die Gruppo sfrattati dello Stauffacher, die Madre autonome und die Organizazione Pantere grigie per l'autonomia dell'Aussersihl besetzten die ebenfalls bedrohte Baronata, um auch hier auf den Stauffacher aufmerksam zu machen, und die lokale Presse verspürt 100 Jahre später wieder einen Hauch von Anarchie.» Tatsächlich waren wir nur zehn Personen, die, mit Hilfe der Tessiner Gruppierung Azione Diretta, die leerstehende Villa in Besitz genommen hatten, und, um einer Räumung zuvorzukommen, zeitig wieder verliessen.

Wir waren vorgewarnt worden, und als die Polizei eines Tages im Morgengrauen erschien, fanden sich an unserer Stelle in der Parkanlage des stattlichen Anwesens, neben einem verglimmenden Feuer, nur noch eine Bakunin-Maske und, in Anlehnung an den Ausbrecherkönig Walter Stürm, ein Schild mit der Aufschrift «Wir sind Kastanien suchen gegangen!»

Derweil spitzte sich am Stauffacher die Auseinandersetzung zu; unter anderem hatten wild gewordene Röschti-Liebhaber die benachbarte McDonalds-Filiale in Brand gesetzt, und schliesslich wechselten die Liegenschaften die Besitzer und wir unsere Strategie. Mit dem blossen Widerstand gegen den Abbruch begann sich eine weitere schöne Niederlage abzuzeichnen, wenn uns keine Alternative in Form einer Lösung einfiel. Der Punkt war gekommen, wo wir «dagegen» durch «dafür» ersetzen mussten, um ans Ziel zu gelangen. «Substruktion» nennt dies der Schriftsteller P.M. in seinem utopischen Gesellschaftsentwurf *bolo'bolo*, mit dessen Hilfe wir jetzt das Projekt *Karthago am Stauffacher* präsentierten.

Die Realutopie sollte lebbar werden und die Kampagne «winnable», ein Begriff, der mir bei meiner späteren Arbeit bei Greenpeace immer wieder begegnete.

Das Projekt mit dem sinnigen Namen Karthago sollte einen autarken Grosshaushalt mit 500 Personen umfassen, die hier gleichzeitig wohnten und arbeiteten, im Austausch zu biologischen Höfen auf dem Land standen und fairen Handel mit befreundeten bolos im Süden betrieben – ausgerechnet am Stauffacher.

Der Standort war ebenso gut wie falsch gewählt; einerseits ging von ihm eine beträchtliche Signalwirkung aus, andererseits war die Zeit hier noch nicht reif. Zahlreiche Aktionen und der Verein Pro Karthago mit viel Prominenz versuchten die Hausbesitzer, ein Konsortium aus Oerlikon-Bührle Immobilien und verschiedenen Pensionskassen, davon zu überzeugen, die Liegenschaften für die Realisierung von Karthago abzugeben, aber am Schluss nützte alles nichts, es ging um zu viel Prestige und Geld für ein weiteres Einkaufszentrum – ausgerechnet am Stauffacher.

«Fussball-Gerichtsbarkeit» betitelte die Frankfurter

Rundschau ihre Schlagzeile. «Ein Fussballspiel statt eines Prozesses soll nach der Vorstellung der Betroffenen darüber entscheiden, ob die Strafanträge gegen 72 Hausbesetzer in Zürich zurückgezogen werden. In dem Spiel sollen sich dem Vorschlag nach eine Elf der Hausbesetzer und eine Mannschaft der Bauherren gegenüberstehen, die die Besetzer wegen Hausfriedensbruchs angezeigt hatten.»

«Spielen statt verhandeln» nannten wir unser Angebot, welches selbst der damalige Präsident des FC Zürich «söiglatt» fand, nicht aber die Bauherrschaft.

Die Methoden der Spassguerilla haben mich schon immer fasziniert und werden dies auch weiterhin tun. Unvergessen bleibt mir in diesem Zusammenhang der Ausspruch des ehemaligen Berliner Kommunarden Fritz Teufel auf das Begehren eines Gerichtspräsidenten, sich vor Gericht, doch bitte sehr, zu erheben: «Wenn es der Wahrheitsfindung dient», antwortete Teufel und erhob sich.

Aus den Überresten des Stauffachers sind an anderen Orten mindestens zwei wegweisende Gross-Haushalte entstanden, die sich heute in Zürich grosser Beliebtheit erfreuen: das private Projekt Karthago und das Projekt Kraft-Werk1, in dem P.M. weiterhin an einer Flächen deckenden Realisierung seiner bolos arbeitet, und welches in Zusammenarbeit mit einem ehemaligen Gegner, der aus Bührle Immobilien hervorgegangenen Allreal, realisiert wurde.

In Zürich herrscht jetzt seit Jahren Rot-Grün und, zumindest in der Wohnungspolitik, Konsens statt Konfrontation, falls das Geld dafür vorhanden ist. Umgekehrt sind sämtliche nicht kommerzielle Nischen verschwunden; eine der letzten war das Wolgroth, eine illegale Wohn- und Arbeitsgeneinschaft, welche die Reisenden aus aller Welt bei der Einfahrt in den Bahnhof Zürich während Jahren mit den sinnig-ironischen Parolen «Zureich» und «Alles wird gut» begrüsste.

Als ich nach einer Teilräumung der Stauffacher-Liegenschaften im Kripo-Gebäude nach vielen Jahren wieder einmal meinem alten Widersacher Adolf Juon, der den Einsatz koordiniert hatte, gegenüber stand, wusste ich, dass ich so nicht alt werden wollte – weder auf der einen noch auf der anderen Seite. Anderseits würde mir bei allen späteren Struktur-Diskussionen immer wieder der Stauffacher in den Sinn kommen. Nichts hat für mich je besser funktioniert, als dieses unser Kollektiv – alle gemäss ihren Fähigkeiten. Natürlich handelte es sich dabei um einen Ausnahmezustand, aber ist das Leben etwas anderes?

Zu «Dieter-Strasse» hatte eine unsichtbare Hand das Strassenschild der Diener-Strasse verwandelt, nachdem das Tor zu Aussersihl gefallen war. Ich war gerührt.

Am Stauffacher habe ich aber auch jene gesellschaftspolitische Vision entdeckt und gelebt, an die ich noch heute glaube.

Eine unserer Aktionen zur Erhaltung der Liegenschaften galt deren Eigentümern. Bewaffnet mit Kaffee und Kuchen ketteten wir uns, um unsere Verbundenheit mit ihnen auszudrücken, eines Tages à la Greenpeace in Zürich, Fribourg und Basel an deren jeweiligen Firmensitz. Die Aktion wurde, medial koordiniert vom späteren Chefredaktor des MAGAZIN's, zu einem nationalen Erfolg, und in Aussersihl herrschte darob zufriedene Ausgelassenheit bis spät in die Nacht hinein. Auf einigen Schreibtischen der Aktivisten aber lag ein Aufgebot des Zivilschutzes für den nächsten Tag, und das passte überhaupt nicht zusammen.

Als wir deshalb beschlossen, den Zivilschutz zu verweigern, wurden wir gefragt «was hat der Zivilschutz mit dem Stauffacher zu tun?.» Nach längerem Überlegen antworteten wir «was hat der Zivilschutz nicht mit dem Stauffacher zu tun?.»

Genau das war es und ich denke, der «Trick» läuft so: Es geht darum, das Unerwartete zu tun und die grossen Themen an unserem eigenen Lebensbereich festzumachen und nicht umgekehrt, unser Leben an die grossen Themen zu delegieren. Geschieht dies öffentlich, werden auch die scheinbar kleinen, jedoch keineswegs weniger wichtigen Themen sichtbar und gelangen ebenfalls zu Weltformat.

Wir wählten unser eigenes Wohnen und das nicht vorhandene Recht dieses wahrzunehmen. Dem stellten wir die gesellschaftliche Pflicht zum Zivilschutz gegenüber.

Dies verstösst möglicherweise gegen die gängige Auffassung von Politik, vermag diese jedoch oft nachhaltig zu beeinflussen. Asterix und Obelix lassen grüssen!

Ob mir diese Erkenntnis gar die euphorische Befürwortung eines schweizerischen EU-Beitritts vergällt?

Europa existiert längst und Europa ist auch einfach der Westzipfel Asiens. Das derzeit vorliegende Projekt Europa erscheint jedoch vielmehr als elitäre Kopfgeburt verschiedener interessierter Projektleiter, denn als gewachsenes Bedürfnis der betroffenen Mitspieler.

Ich selbst habe weder Sehnsucht nach einem neuen Imperium noch nach einem kontinentalen Supermarkt Europa. Nicht nach einem Riesenkonzern, der Vielfalt und Unterschiede erfahrungsgemäss ausmerzt, anstatt Verschiedenheit und Übersicht zu fördern und zu schätzen. Und schon gar nicht nach einem Kontroll-Moloch, mit der Macht ausgestattet, seine Mitglieder bei Bedarf effizient zu disziplinieren.

Ich staune immer noch, wie der Wahn nach Grösse Menschen die Sicht auf eine überschaubare Realität verstellt. Natürlich kenne und liebe auch ich das Gefühl an Grossanlässen, wenn Tausende zusammen aus dem Häuschen geraten: An Konzerten, Demonstrationen, Fussball-Spielen.

Nebst allen einleuchtenden Argumenten, die für einen schweizerischen EU-Beitritt sprechen, ist es vielmehr diese unausgesprochene, blitzgescheite, gediegen-vernünftige Befürwortung alter und neuer Grossmachtsfantasien, die mich und andere erschauern lässt, und die ich in dieser Form nicht akzeptieren will. Zurück an den Anfang!

Nachdem das Tor zu Aussersihl gefallen war, zog ich mich in eine ruhige 3-Zimmer-Wohnung zurück; ich war erschöpft und leckte lange meine Wunden, während ich bereits damit begonnen hatte, in Zukunft meine Visionen ausschliesslich als Broterwerb in der täglichen Arbeit zu realisieren.

Die Organisation Greenpeace war nicht so weit von dem entfernt, was nach meiner Meinung die Welt bewegen und verändern sollte. Folglich war ich in den folgenden Jahren bei Greenpeace in der Medienabteilung für die Umsetzung der Kampagnen in den elektronischen Medien besorgt und bearbeitete in dieser Funktion Fernsehstationen und Printmedien. Im weiteren platzierte und realisierte ich Kino-Spots – so einen für Greenpeace aussergewöhnlich humorvollen mit dem Komiker Beat Schlatter. Daneben übersetzte ich in meiner Freizeit Elliott Murphy's beinahe autobiographischen Roman *Cold and Electric* über das Musik-Business, welcher später bei Nautilus in Deutschland erschien. Elliott Murphy, zu dem ich noch immer in Kontakt stehe, hatte noch kurz zuvor am Stauffacher eine Art

Abschieds-Konzert in unserem stadtbekannten Kellerlokal («Look Like The Mud Club In New York») gegeben, wie zuvor schon die Band Züri West und andere …

Und bei Greenpeace lernte ich auch meine Frau kennen, die damals noch nicht meine Frau war, und als sie, nach ihrer Rückkehr aus Afrika, Arbeit in Luzern fand, folgte ich ihr. Und hier blieben wir, während mich (die Erinnerung an) Zürich lange Zeit nur noch schmerzte.

15

Es ist Herbst geworden und ich sitze doch wieder an der Piazza del Sole in Santa Margherita, blicke aufs Meer und erwarte meine Frau und meinen Sohn.

Gestern habe ich die letzten Tabletten Ribarivin zu mir genommen und den Bericht aus Dr. R.s Praxis hatte ich bereits auf meiner Reise hierhin telephonisch erhalten. «Negativ», sagte Frau Fernandez, «HCV ist nicht mehr nachweisbar, das ist toll.» Ich war erleichtert, denn in der vergangenen Woche seit dem entscheidenden Bluttest war ich sehr angespannt gewesen, und nach der letzten Interferon-Spritze vor einigen Tagen fühlte ich mich seltsam leer. Überschäumende Freude wollte ob der guten Nachricht nicht wirklich aufkommen und ich bildete mir nichts ein auf das erreichte Resultat; vielleicht hatte ich einfach Glück gehabt. War mir in der Zeit meiner Immuntherapie nicht immer bewusster geworden, dass es Menschen gibt, die in irgendeinem Spital unheilbar ihrem Leiden ausgeliefert sind? Demgegenüber war meine Pein trotz allem ein Klacks. Für mich gab es Hoffnung und vor mir lag Zukunft. Erstmals war ich einfach froh, dass es vorüber war und vor allem jenen dankbar, die mich in dieser schwierigen Zeit unterstützt hatten.

Und an dieser Stelle soll auch nicht verschwiegen werden, dass ich eine sehr gute Krankenkasse hatte, welche die Kosten der ganzen Immuntherapie weit gehend abdeckte. Meine Behandlung kostete alles in allem mehr als 100 000.-- Schweizer Franken.

Vorerst aber tat sich vor mir jetzt wieder dieses Loch auf, wieder dieses schwarze Loch. Wie würde es weitergehen, was hatte das Resultat letztlich zu bedeuten und wie würde der notwendige Check in einem halben Jahr ausfallen? Wie schnell würde ich mich von der Immuntherapie erholen, wann würden deren Nebenwirkungen verschwinden und deren Folgen verheilen? Weiss ich noch wer ich bin und würde ich je wieder ganz der Alte sein?

Für diesen Moment hatte ich mir das Buch des amerikanischen Autors Lloyd Wright aufgespart, welches ich noch auf meiner Fahrt in einem Zug durchlas. *Triumph over Hepatitis C – An Alternative Medicine Solution* ist ein einziger Horror und hat bei mir einen ganz üblen Nachgeschmack hinterlassen. Das Buch, 1999 geschrieben, ist reisserisch aufgemacht, fürchterlich amerikanisch und von einer aggressiven sektiererischen Grundhaltung geprägt. Wright beschreibt darin verbittert die gescheiterte Interferon-Behandlung seiner Hepatitis C und die anschliessende Selbst-Heilung mit homöopathischen Mitteln. Der Text ist eine einzige Abrechnung mit dem amerikanischen Gesundheitssystem und seinen Ärzten, die der Autor in ihrer Mehrzahl als ausschliesslich willfährige Handlanger der Pharma-Industrie sieht. Interferon wird als deren menschenverachtende Geldmaschine bezeichnet, welche deshalb in voller Absicht als einzige Möglichkeit HCV zu heilen, angepriesen würde.

Tatsächlich aber verschlimmere sich durch die und nach

der Immuntherapie der Gesundheitszustand der Patienten, und beim Grossteil der Behandelten wäre das Virus wenig später wieder nachweisbar, meint Lloyd unter Berufung auf einen Bericht der American Liver Foundation. Wieso, so fragt der streitbare Autor, sei an den einschlägigen Ärztekongressen so lange die Mär von den Risikogruppen Alkohol und Sex herumgeboten worden, wenn doch genau dieser Berufsstand durch Bluttransfusionen und zahnärztliche Behandlungen zu 90% für die allgemeine Verbreitung des Virus verantwortlich sei.

Es war mir schon klar, dass eine Therapie mit Interferon vor allem zur Bekämpfung von Krebs angewendet wird und ich habe auch schnell begriffen, dass Interferon, u.a. durch die Reduktion der weissen Blutkörperchen, den Organismus so belastet, dass man sich Infektionen und anderen Aus- oder Nebenwirkungen oft hilflos ausgeliefert fühlt. Trotzdem, oder gerade deshalb, wirft nicht nur Wright einige unbequeme Fragen auf:

Ribarivin (in meinem Fall in Form von Copegus-Filmtabletten) wird zur Unterstützung von Interferon verwendet. Was aber ist Ribarivin genau? In den Angaben, die mir zur Verfügung standen, habe ich nichts gefunden, was ich endgültig verstanden hätte.

Die Absenz des HCV-Virus wird durch den entsprechenden Bluttest (HCV RNA PCR) nachgewiesen. Bei einem negativen Test liegt die Anzahl der Viruskopien auf jeden Fall unter 100 pro Milliliter und das Virus gilt als nicht mehr nachweisbar. Was aber passiert im Skala-Bereich unter 100 Kopien/ml?

Was für aktuelle Studien gibt es zu den langfristigen Auswirkungen und Folgen von Interferon (auf den Organismus) und welche Statistiken zur «Rückkehr» des HCV-Virus (Relapse) nach der Behandlung durch Interferon?

Dass die Leber Stress nicht mag, war mir bekannt, und dass unser Organismus nicht dafür geschaffen ist, über längere Zeit mit Stress umzugehen, ebenfalls. Genau dies ist aber während einer Therapie mit Interferon der Fall.

Das Verwirrende daran ist, dass man mit der Zeit nicht mehr unterscheiden kann, ob der Stress vom Interferon, von einem selbst oder von der Umgebung produziert wird, und weil einem dies auch sonst oft unklar ist, habe ich versucht, bewusst nicht mehr darüber nachzudenken. Und da meine Leberwerte selten meiner Befindlichkeit entsprachen, habe ich mir statt dessen Mühe gegeben, mein Immunsystem aktiv zu unterstützen und die Dinge so zu nehmen wie sie kamen, was zunehmend schwieriger wurde.

Ich denke nicht, dass ich bisher je an Depressionen gelitten habe, aber gegen Ende meiner Immuntherapie war ich zumindest nicht weit davon entfernt.

Dr. R. und sein Team haben mich hervorragend betreut und waren jederzeit für mich ansprechbar, aber den Anspruch, mich von ihnen psychologisch betreuen zu lassen, hatte ich nie und er erschien mir vermessen. Dennoch habe ich, und bestimmt auch viele andere, die Erfahrung gemacht, dass während dieser Behandlung auch psychisch mehr Unvorhergesehenes auf einem zukommt, als vernünftig auszuhalten ist.

Auf der Packungsbeilage von Medikamenten findet sich dazu alles und nichts. Theoretisch können ebenso gut keine solchen Nebenwirkungen entstehen, wie dass man daran sterben kann. Das genügt einfach nicht:

Eine Anlaufstelle für auftretende psychische Probleme während einer Immuntherapie wäre (abgesehen von den bestehenden Selbsthilfegruppen) wichtig und wünschbar. Mindestens eine Hot Line, andauernd betreut von Betroffenen und Fachpersonen in Zusammenarbeit mit den behandelnden Ärzten und den Herstellern der Medikamente, ist von Nöten und letztlich wohl auch billiger als zusätzliche Psychopharmaka oder (spätere) psychiatrische Behandlungen.

Gegen entsprechende Hinweise auf der Packungsbeilage von Medikamenten spricht nichts; vielmehr täte dies gut.

Eine «sinnliche» Öffentlichkeitskampagne (frei von jedem akademischen und moralischen Dünkel), zum besseren Verständnis von Hepatitis C, einer Krankheit, die offiziell bereits jede 200. Person in der Schweiz betrifft, ist überfällig.

Zudem spricht nichts dagegen, für HCV-Patienten mit wenig weit fortgeschrittenen Krankheitssymptomen erstmal eine Behandlung mit alternativen Methoden zu erwägen.

Gegen Schluss der Therapie hatten sich die Werte meiner weissen Blutkörperchen, den Leucozythen, konstant auf einem derart tiefen Niveau eingependelt, dass für Dr. R. immer öfters nur noch die halbe Verabreichung der wöchentlichen Interferon-Dosis zu verantworten war. Zwar wollte ich zuerst nichts davon wissen und «die Sache durchziehen», aber dafür hätte ich die Verantwortung alleine übernehmen müssen, was mir aus Haftungs-Gründen dann doch zu heikel war.

16

Gleichzeitig mit meinen weissen Blutkörperchen fielen, wie überall in der Musikindustrie, auch bei RecRec die Umsätze. Was man der Branche längst vorausgesagt hatte, war jetzt definitiv eingetreten und es bestand dringend Handlungsbedarf. Nach meiner Meinung hatte ich die Situation aber nach wie vor im Griff; es galt Abschied zu nehmen vom klassischen Tonträger-Vertrieb, längst vorhandene Alternativ-Projekte endlich abzusegnen und umzusetzen und neue Partnerschaften einzugehen.

Anders sah dies die Mehrheit im Verwaltungsrat (einschliesslich Ernst), der mir nun gegen meinen Willen, in einer Mischung aus Fürsorge und wilder Entschlossenheit, stattdessen einen Macher zur Seite stellen wollte, um mich zu «entlasten.»

Solange meine Zahlen stimmten, war ich immer unantastbar gewesen, aber sollte dies einmal nicht mehr der Fall sein, könnte sich dies schnell ändern; da hatte ich mir nie etwas vorgemacht. Zudem sprach meine reduzierte Präsenz gegen meine Argumente und ich begann schmerzhaft zu realisieren, dass mir die Kräfte fehlten, den Spagat zwischen Arbeit und Krankheit bis zum Ende der Therapie durchzuziehen. Hatte ich das Ganze gar falsch eingeschätzt und würde ich am Ende gar vor einem doppelten Scherbenhaufen stehen? Schliesslich gab ich nach, aber ich war wütend und ich war verletzt. Doch wenn es wahr ist, dass die Wut die Verletzung repariert, dann tut die Wut gut.

Der Macher, den ich «Wadenbeisser» nannte, war ein kleiner Mann mit einem etwas grösseren Mercedes, der keine Ahnung von der Branche hatte und dies auch gar nie behauptete. Die ganze «Negermusik», mit der RecRec bisher derart erfolgreich gewesen war, interessierte ihn überhaupt nicht, und noch heute ist mir nicht klar, warum er den Job überhaupt annahm. Ich sah ihn von Anfang an als blossen Befehlsempfänger, der mir gegenüber mehr als eigenartig devot auftrat, was nach meiner Einschätzung nicht für seine Offenheit sprach. Vom ersten Tag an gab er sich unermüdlich Mühe, den Eindruck zu erwecken, genau zu wissen was falsch lief und wie «der Case» zu «boosten» war.

Im Prinzip war für ihn einfach alles machbar, was mir keinesfalls missfiel. Er hatte zwar keine Ahnung, aber er machte viel und lernte schnell, was dem VR imponierte. Enorm umtriebig erstellte er unzählige Grafiken und Statistiken und veranstaltete mit viel Pathos einen neoliberalen Sturm im Wasserglas. Was über Jahre gewachsen war, wurde mit dem Rotstift gestrichen; zumindest auf dem Papier wurden Sparmassnahmen getroffen und der ganze Betrieb erstmal zerlegt bzw. dessen Wiederzusammensetzung auf später vertagt. Und, wie heute üblich, sollten, auch nach Meinung des VR, die längst fällige und dringend notwendige Kapitalisierung sowie die Umsetzung neuer Ideen und das Beschreiten neuer Geschäftsfelder, erst danach in Angriff genommen werden.

Schon nach einigen Wochen sass der Wadenbeisser eines Abends leicht erschöpft an seinem Pult und um ihn herum sah es aus, als hätte in den letzten Tagen des Führungsbunkers eine Granate eingeschlagen. Ordner drohten auf ihn herunterzustürzen, auf seinem Pult türmten sich Stapel von unfertigen Skizzen und seine Frisur war völlig durcheinander. Auf seine Art hatte er eben herausgefunden, was alles schon vorher bekannt gewesen war. Eigentlich tat er mir Leid.

Heute ist Ernst Hauptaktionär und Verwaltungsratspräsident der RecRec Medien AG. Ob er wohl seinen Turnaround schafft?

Ich hingegen werde wieder einmal zu neuen Ufern aufbrechen, während im Meer vor mir bald die Sonne untergeht. Bisher hatte ich immer einen Grund gefunden zu bleiben, anstatt zu gehen. Jetzt bin ich bereit.

Ernst hat seine CD schliesslich veröffentlicht – sie ist schön geworden – und kurz danach wurde im Rahmen einer Demonstration gegen das bevorstehende World Economic Forum (WEF) in Davos ein Anschlag auf seinen Wohnsitz in Zürichs Altstadt verübt.

Seither hat Ernst nie mehr wirklich mit mir gesprochen. Hatte mich meine Vergangenheit eingeholt?

Die ganze RecRec-Geschichte kann wohl nur von Veit Stauffer, einem der beiden Gründer und heutigen Besitzer des RecRec-Ladens erzählt oder nieder geschrieben werden.

Meine eigene RecRec-Geschichte begann in jener Nacht nach diesem Sturm, als Daniel Waldner, der andere Gründer-Vater, mit seinem Sohn in den Bergen tödlich verunglückte und ich angefragt wurde, dessen Nachfolge zu übernehmen.

Ich weiss nicht, ob ich angenommen hätte, wenn mir damals klar gewesen wäre, was in der Folge alles auf mich zukommt. Aber trotz aller Schwierigkeiten bereue ich mein Engagement nicht; ich habe viel gelernt und ich hatte viel Spass und Erfolg, unter anderem mit dem Buena Vista Social Club, Eva Cassidy, Franz Ferdinand, Stimmhorn, The Young Gods und Fettes Brot.

Und eigentlich ging es auch um Musik.

17

Während der Immuntherapie hatte ich viel Zeit über mein bisheriges Leben nachzudenken, und sechsundvierzig Injektionen Interferon und eintausendsechshundertachzig Tabletten Ribarivin später kann eine vorläufige Bilanz zu beidem nicht schaden. Dabei tauchen durchaus Parallelen auf.

Die Interferon-Therapie galt es durchzuziehen, so wie ich bisher einiges in meinem Leben durchgezogen habe.

Aufzugeben hatte ich, wie gesagt, nicht gelernt, und auch dies hat mir bisher oft geholfen. Aber nicht nur.

Während ich, ermutigt durch die schnellen und andauernd guten Resultate der Bluttests, nie in Betracht gezogen hatte, die Therapie abzubrechen, kam ich psychisch immer mehr in Bedrängnis und am Schluss wusste ich nicht mehr, wer ich war.

Am Ende der Therapie war Leere, und es war schmerzhaft, das Ende der Leere zu erwarten. Bisweilen wünschte ich mich jetzt nur noch an jenen Dschungel-Fluss in den Maya Mountains von Belize zurück, wo ich vor Jahren im warmen seichten Wasser gelegen hatte, während unzählige farbenprächtige Kolibris durch den Himmel über mir schwirrten.

Und am Horizont des gegenüberliegenden Ufers hatte ich die deutlichen Umrisse eines mit Gras überwachsenen Maya-Tempels ausgemacht, der dort für all das zu stehen schien, was hinter mir lag. In diesem Augenblick hatte sich meine Welt genügt und nach weiter nichts verlangt.

Aber in Wirklichkeit war ich woanders. Das Interferon hatte mich in meine Einzelteile zerlegt, und diese galt es, jetzt einzusammeln und wieder zusammen zu setzen. Ich war von einer chemischen Keule getroffen worden, und diese hatte ganze Arbeit geleistet. So sehe ich es.

Äusserst irritierend war jetzt oft Unvorhergesehenes, das ich nicht mehr klar einordnen konnte. Und immer wieder die bohrende Frage, ob irgend ein Versäumnis jeweils als Folge der Therapie eintrat, oder ob mir dies auch sonst passiert wäre. «Darauf kommt es doch nicht an», sagte dann meine Frau und ich wusste, dass sie Recht hatte. Aber so konnte ich es nicht sehen. Ich wünschte, ich wäre stärker gewesen.

Die Monate nach dem Ende einer Interferon-Therapie entsprechen oft dem Krankheitsbild der *Fatigue*, einem Zustand anhaltender Müdigkeit und Abgeschlagenheit, dem auch mit ausgiebigem Schlaf nicht beizukommen ist. Nur wusste ich dies damals noch nicht.

Während ich ungeduldig die Wiederkehr der mir bekannten Normalität herbeisehnte, wollte sich diese einfach nicht einstellen. Zwar lag die Schattenwelt hinter mir, aber was würde darauf folgen? Meine Batterien waren leer und nochmals leer, meine Reserven restlos im Eimer, aber wieso dauerte es so lange, bis ich diesen Zustand als work in progress begreifen konnte?

Dies würde ohne wenn und aber dauern, folglich musste ich mir Zeit geben. Es galt kein Rad neu zu erfinden, sondern vielmehr Verschüttetes auszugraben, Bekanntes abzurufen, auf Bewährtes zu setzen und dabei Neues zu entdecken, Verstörendes sowohl entgegen zu nehmen, als auch an mir abtropfen zu lassen.

Dazu brauchte ich Hilfe und jetzt endlich nahm ich jene psychologische Unterstützung in Anspruch, die ich schon während meiner Interferon-Therapie so dringend benötigt hätte.

Ein halbes Jahr später standen die, von mir mit Bangen erwarteten, abschliessenden Bluttests an und die folgenden Laborwerte bestätigten das Ergebnis unmittelbar nach Ende der Therapie.

Das HCV-Virus war nicht mehr nachweisbar, ich galt als geheilt. Und noch einmal: Ich galt als geheilt!

Eine weitere Last war von mir gefallen, aber wo war die Freude geblieben? Und was war mit dem Lebenshunger, der mir für die Zeit danach prophezeit worden war? Mein Gott, was war bloss mit mir los?

Ich wagte nicht mir vorzustellen, wie ich mich nach einem weniger erfolgreichen Befund gefühlt hätte, obwohl ich mich immer wieder theoretisch damit auseinander gesetzt hatte, und der andauernden Fatigue schien dies ohnehin egal zu sein. Ich schämte mich.

War ich gar noch immer, oder schon wieder jener kleine Junge, welcher an Weihnachten den lieben Gott darum gebeten hatte, mir die eben erhaltenen Geschenke wieder wegzunehmen und an irgend welche armen Kinder weiter zu leiten? Ich hatte genug von mir.

Zweifellos habe ich Glück gehabt – meine statistische Heilungschance betrug zu Beginn der Therapie 30%, aber diese war, verflixt noch mal, erfolgreich verlaufen und ich hatte eine riesige Leistung vollbracht. Ich war am Leben und ich hatte Zukunft. Was wollte ich mehr?

«Die Krankheit besiegt!», titelt der Boulevard nicht selten und schiebt diese Vollzugsmeldung oft Prominenten in den Mund.

Seine eigene Krankheit lässt sich so wenig besiegen, wie die Gesellschaft, in der man lebt. Aber beides kann im besten Fall geheilt werden.

18

Kinder neigen dazu, ihren Eltern immer wieder etwas beibringen zu wollen. Das ist normal und verständlich, bringt aber, trotz gegenteiliger Beteuerungen, oft nicht den erhofften Erfolg.

Eines Nachts in Davos, als ich und Vater uns wieder einmal zu später Stunde in die bei beiden nicht mehr vorhandenen Haare geraten waren, fuhr ein reinigendes Gewitter urplötzlich durch mein spät pubertäres Gehirn.

«Was kann ich dafür, wenn er nicht versteht?», hörte ich meine innere Stimme sagen, und beendete den festgefahrenen Disput.

«Da bist Du aber schon in jungen Jahren zu einer weisen Einsicht gelangt», wird Vater, der unterdessen ebenfalls einige Schützengräben verlassen hat, beim Lesen dieser Zeilen bemerken. Und wie oft zuvor hatte wohl auch er sich gefragt: «Was kann ich dafür, wenn er nicht versteht?»,

Seit sich ähnliche Szenen mit umgekehrten Vorzeichen zwischen mir und meinem Sohn wiederholen, sind Vater und ich uns wieder näher gekommen und manchmal sprechen wir gar die gleiche Sprache. Versuche ich meinem Sohn bei den Schularbeiten zu helfen, sehe ich den Vater von früher vor mir und kann dann meine eigenen hilflosen

Worte ebenso wenig wie mein Sohn ertragen. Aber es hilft zu verstehen, dass verschiedene Wege zum gleichen Ziel führen können. Oder zu einem anderen.

Vermutlich nehmen die meisten Eltern ihre Kinder erst dann als Erwachsene wahr, wenn diese selber Eltern geworden sind. Wenn überhaupt je.

Und da ich eben schon in jungen(!) Jahren zu weisen Einsichten gelangt bin, habe ich neulich Vater einen Vorschlag unterbreitet, welchen ich mir lange sorgfältig überlegt hatte.

Wir hatten uns zum Mittagessen in seinem Büro verabredet, in dem er mit seinen bald 90 Jahren noch immer viel Zeit verbringt und in dem noch immer diese grausamen Militärbilder hängen, an denen mein Sohn jetzt Gefallen gefunden hat.

Auf dem Weg in ein nahe gelegenes Restaurant trieb uns der Wind über die Strasse und den Regen ins Gesicht, und genau dieser Moment schien mir geeignet, mein Anliegen loszuwerden:

«Lass uns versuchen, für die Zeit, die uns noch bleibt, erwachsen mit einander umzugehen; an Dir stinken mir Deine ewigen Belehrungen und an mir meine andauernde Opposition dagegen.» «Ich weiss nicht, ob dies noch möglich ist», beendete ich meinen Vorschlag und Vater gab sich überrascht. Ich bat ihn, mein Angebot erst einmal zu stehen zu lassen und zu überdenken.

Danach fühlte ich mich gut und heute frage ich mich, warum ich so lange dazu gebraucht habe. «Alles braucht seine Zeit», hat kürzlich mein Sohn voller Ungeduld sich, mir und der Welt erklärt.

Noch will ich aber weder meinen Vater «verarbeiten», dem ich seit der Geburt unseres Sohnes wieder näher gekommen bin, noch viele Frauen, die wissen, wer sie sind und was sie mir bedeuten. Und ohne meine Frau hätte ich nicht nur Afrika nie entdeckt.

Wenn es etwas gibt, das ich aufrichtig bedaure, dann ist es dies, nie ein Gedicht des Poeten Adrian Henri aus Liverpool übersetzt zu haben. Aber womöglich geht es auch ohne:

«I love you when I don't have to ask who it is
On the telephone.
When I can't wait until the program finishes -
Everywhere smelling of you.
I love you when all the clocks have stopped –
And it was midsummer for ever.»

Mein Sohn möchte einen Film drehen. So etwas wie *Die Wilden (Fussball)-Kerle.*

Ich freue mich und wir werden sehen.

Allen, die mich in meinem bisherigen Leben und speziell während meiner Immuntherapie unterstützt und begleitet haben, danke ich: Ganz besonders Adrian Naef, Bänz Friedli, Christa Dettwiler, Elisabeth & Familie von Capeller, Iris Vollenweider, Kaspar Oswald, Manfred Meyer, Mutter, Dr. Reichlin & Crew, Rudi Frings, Sabina von Stockar, Säli-Strasse, Steff Fischer, Tomi Geiger, Ueli Oswald, Urs Morf, Vater und Wäle Naef.

PARANOIA CITY VERLAG 2008

Paranoia city Buchhandlung
Bäckerstrasse 9 / 8004 Zürich
Mo – Fr: 10.00 – 18.30 / Sa: 10.00 – 16.00
Tel. 044 241 37 05 / paranoiacity@paranoiacity. ch
www.paranoiacity.ch

HOTCHA! NEU

Kein Mangel, kein Überfluss. 69-71+ / Vol. 6
40 Jahre danach das legendäre Untergrund Magazin.
Beiträge von: ANTON BRUHIN, OLIVIA ETTER, FREDI M. MURER, HR GIGER, EMANUEL HALPERN, TULI KUPFERBERG u.a.
ISBN: 978-3-907522-26-4. Gefalzt, 40 S., zahlr. meist farb. Abb. - 29,7 x 21 cm
10,00 CHF

Frei, Zoé: Die Stadt Liccua NEU

Der Krieg. Fantasy Roman von und für Jugendliche
ISBN: 978-3-907522-23-3. Kartoniert,
20,00 CHF, 12,00 Eur

Stahel, Thomas: Wo-Wo-Wonige

Stadt- und wohnpolitische Bewegungenin Zürich nach 1968
CH: Schönstes Buch 2006, Welt: Silbermedaille
ISBN: 978-3-907522-22-6. Englisch Broschur, 265 farb. Abb. - 25 x 15,5 cm
48,00 CHF

P.M.: AKIBA NEU

Ein gnostischer Roman. Enden wir im Himmel, in der Hölle oder in Limboland? Teilchenphysik, Simulationstheorien und ein spannender Plot.
ISBN: 978-3-907522-24-0
Paperback, 264 S. - 22,5 x 13,5 cm.
34,00 CHF, 19,90 Eur

P.M.: Subcoma

Nachhaltig vorsorgen für das Leben nach der Wirtschaft. P.M.s nützliches Haushaltbuch
ISBN: 978-3-907522-19-6
Englisch Broschur, 192 S., schw.-w. Abb.
20,00 CHF, 12,00 Eur

P.M.: Agbala dooo!

Ein Afrikaner bereist die Schweiz im Jahre 205 p.r.
ISBN: 978-3-907522-17-2
Englisch Broschur, 128 S. - 20 x 12 cm
17,00 CHF, 10,00 Eur

Die drei Welten Theorie nach P.M.

P. M.: bolo›bolo

Eine Welt ohne Geld
ISBN: 978-3-907522-01-1. Pb, 200 S., schw.-w. Ill.
15,00 CHF, 9,00 Eur

P. M.: Olten - alles aussteigen

Ideen zur Abschaffung der Schweiz. Daniel de Roulet, Urban Gwerder und P.M. stellen ein Leben ohne Schweiz vor.
ISBN: 978-3-907522-08-0. Englisch Broschur, 208 S.
22,00 CHF, 14,00 Eur

P. M.: Amberland

Reisebuch. Eine Welt mit AMBERLAND. Die faszinierende Insel in der Transkaribik ist Ziel aller bolo Begeisterten, die in den burliks (bolo) ihr Glück finden.
ISBN: 978-3-907522-05-9, Englisch Broschur,
20,00 CHF, 12,00 Eur

P.M.: Europa? Aufhören!
Ein Pamphlet
Wieso Europa, wenn es auch ohne geht?
ISBN 3-907522-10-9, 47 S. br. Fr. 10.-, Euro 6.-

Karthago
Ideen für eine Altbau-Umgestaltung.
ISBN 3-907522-06-0. 72 S. br. Fr. 12.-

Stauffacher, Aussersihl
Geschichte der legendären Hausbesetzung.
ISBN 3-907522-06-0. 217 S. ill.
CHF 15.-, Euro 8.50

Blum, Martin / Hofer, Andreas / P M: KraftWerk 1
Projekt für das Sulzer-Escher Wyss Areal
ISBN: 978-3-907522-14-1. Paperback, 94 S.
16,00 CHF 10,00 Eur

Koller, Boni: Was ist passiert?
Das Buch der Misteries. Frage- Antworträtsel.
ISBN: 978-3-907522-20-2
Englisch Broschur, 144 S., 18 Abb. von Thomas Ott
20,00 CHF, 12,00 Eur

Erni, Peter: Quincaillerie /Kurzwaren
Essays
ISBN: 978-3-907522-21-9, Englisch Broschur, 272 S. -
20,00 CHF, 18,00 Eur

Die fixe Idee
Geschichten und Interviews. Vier politische Gefangene in Italien der 80er Jahre nehmen Stellung.
ISBN: 978-3-907522-02-8, Englisch Broschur, 183 S. -
12,00 CHF, 7,40 Eur

Spittler, Michael / Seibt, Constantin: Das Unglück
Ein Schlüsselroman
ISBN: 978-3-907522-09-7. Englisch Broschur, 240 S.
25,00 CHF, 14,00 Eur